スライム倒して300年、
She continued destroy slime for 300 years
知らないうちに
レベルMAXになってました
Morita Kisetsu 森田季節 illust. 紅緒
23

フラットルテさんと

一緒にやりたいって
言ってるんです

旧神
デキアリトスデ
半神
プロティピュタン

運命の神
カーフェン
ダークエルフの怪盗
キャンヘイン

おめでとうございます。
皆さんは……
栄《は》えあるゲームに
選ばれました
ふざけんなや！
帰らせてもらうで！

デスゲームだ…

Contents

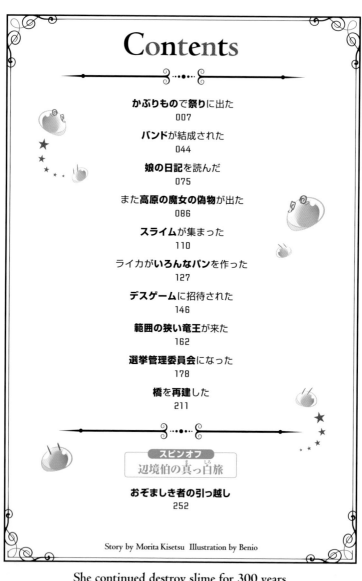

Story by Morita Kisetsu Illustration by Benio

She continued destroy slime for 300 years

スライム倒して300年、知らないうちにレベルMAXになってました23

Morita Kisetsu
森田季節
illust. 紅緒

アズサ・アイザワ（相沢 梓）

主人公。一般的に「高原の魔女」の名前で知られている。
17歳の見た目の不老不死の魔女として転生してきた女の子(?)。
いつの間にか世界最強になっていて大変な目に遭いもしたが、
そのおかげで家族が出来てご満悦《まんえつ》。

継続はパワーなり。
継続できることしかしません！

義理のお母様、
世界は真っ白であるべきです！

シローナ

ファルファ&シャルシャの後に生まれたスライムの精霊。
警戒心が強く、アズサを義理の母親扱いしてあまり懐かない。
既に一流の冒険者として活躍しているが、白色を偏愛するという
奇癖を持つ。 本書掲載の外伝「辺境伯の真っ白旅」の主人公。

ファルファ&シャルシャ

スライムの魂が集まって生まれた精霊の姉妹。
姉のファルファは自分の気持ちに
正直で屈託《くったく》がない子。
妹のシャルシャは心づかいが細やかで
気配りが出来る子。
二人ともママであるアズサが大好き。

ママー、ママー！　ママ大好き！
……体は重くとも、心は軽くあるべき

アズサ様、今日も誠心誠意、精進いたします！
フラットルテはライカより頑張るのだ！

ライカ&フラットルテ

高原の家に住むレッドドラゴン&
ブルードラゴンの女の子。
ライカはアズサの弟子で頑張り屋の良い子。
フラットルテはアズサに服従している元気娘。
同じドラゴン族なので何かと張り合っている。

ハルカラ

エルフの娘で、アズサの弟子。
キノコの知識を活かし会社を経営する
立派な社長さんなのだが、高原の家では、
ところ構わず〝やらかし〟てしまう
一家の残念担当に過ぎない。

さぁ、今日は何を食べましょうかね♪

ベルゼブブ

ハエの王と呼ばれる上級魔族で、魔族の農相。
ファルファとシャルシャを
まるで姪っ子かのように愛でており、
魔界と高原の家を頻繁に行き来している。
アズサの頼れる「お姉ちゃん」。

わらわの名はベルゼブブ！魔族の国の農相じゃ!!

アタシ、姐《ねえ》さんにずっとついていきます！

ロザリー

高原の家に住む幽霊少女。
幽霊である自分を遠ざけず、
手を差し伸べてくれたアズサに心酔している。
壁を抜けられるが人は触れない。
人に憑依する事も可能。

サンドラ

マンドラゴラの女の子。三百年育った末に
意志を持ち動くようになった存在。
れっきとした植物で、高原の家の
家庭菜園に住んでいる。意地っ張りで
強がっている事も多いが、寂しがりな一面も。

私は庭に生えてるだけだからね！がお～！

ファートラ&ヴァーニア

ベルゼブブの秘書を務めるリヴァイアサンの姉妹。
巨大な竜の姿に変身でき、アズサたちの
魔族の国への送迎やお世話を担ったりも。
姉のファートラはしっかり者で有能。
妹のヴァーニアはドジっ子だが料理が得意。

すいません。妹がいいかげんな性格で……
あ〜、上司のお金で温泉行きたいな〜

これからは自分の名前だけでやります！

クク

アルミラージの吟遊《ぎんゆう》詩《し》人《じん》。
かつては激しいデス系の音楽と芸風で
細々と活動をしていたが、
アズサたちと出会って言葉を伝える
大切さを学び、新たな道へと踏み出した。

ブッスラー

体術を極め、人化した武道家スライム。
「ブッスラー流スライム拳」を極め
最強格闘技を完成させたいと考えているが、
お金大好きという俗っぽい面も。
ベルゼブブに弟子入りし修行中。

お金を貯めるのが趣味なんです

オストアンデ

この世界の死神。
死神としては必要最低限の仕事しかせず、
趣味で小説を執筆、投稿を続けている。
元来コミュニケーションがあまり得意ではなく、
それを心配したニンタン神が、
アズサとメガーメガ神をお茶会に呼び出し、
以降話し相手となった。

……では小生はこれにて

上を目指していかないと
面白くないじゃありませんか

オースティラ

パールドラゴンの娘で、竜王戦ファイナリスト。
ライカとの再戦を求め高原の家に
やってきていたものの、いつの間にか
趣味友のような立ち位置になっている。
手先が器用で、利き酒とぬいぐるみ作りが得意。

プロティピュタン

地底で生まれた半神。
ナタリーやアズサを〝魔法僧正〟という
魔法少女そっくりの広告塔にして信者を
集めていたが、最近はホルトトマに
神様としての未熟さを見抜かれ、鍛えられている。

魔法僧正を増やして、
信仰を増やすんだポー！

かぶりもので祭りに出た

She continued destroy slime for 300 years

フラタ村で買い物をしていたら、後ろから声をかけられた。

「どうも、ちょっとお時間あるかしら？」

そこにいたのはタコの精霊兼月の精霊であるイヌニャンクだった。

最近では圧倒的にタコ要素が強くなっている。私も頭の中でも、タコの精霊のほうが月の精霊より先に出てきた。月要素なんて表現しようがないせいでもある。

「イヌニャンクじゃん。何の用事か知らないけど、極力話に乗るよ。こういうのはお互《たが》い様だし」

海に深く潜るのは私といえども不可能なので、イヌニャンクが作る頑丈《がんじょう》な泡《あわ》の力を借りている。

私もお世話になっている立場なので、よほどの無茶《むちゃ》でない限り、協力したい。

「わかったわ。じゃあ、あなたの家までついていくわね。ああ、これ、お土産《みやげ》の魚の干物《ひもの》」

「まさか、高原にある村での買い物中に干物をゲットするとは」

魚はなかなか貴重なので、ありがたくいただくことにしよう。

海に関する知り合いがいると海産物が送られてくるような現象に近いな。

イヌニャンクは荷物も持つと言ってきたので、せっかくなので袋を一つ持ってもらった。

「で、何かあったの？」

高原の家への帰宅後、私はイヌニャンクにお茶を出しながら、尋ねた。

イヌニャンクの態度からして、たいしたことじゃなさそうなので、私も気楽だ。ほかの人たちもできるだけしょうもない問題を持ってきてほしい。責任が大きいものは心理的に疲れる。

「知り合いの精霊に『買い替えをしたいけど店がない』って言われてね。アズサなら知ってるかもと思ったの」

精霊がほしいと言ってるものって何だろう。

「各地に足を延ばしてるとは思うけど、店を知ってるかどうかは、買い替えをするもの次第だな」

「まっ、本人から聞いたほうが早そうだし、呼んでくるわね」

そう言うとイヌニャンクは、一度、家の外に出ていった。

精霊って瞬時にほかの精霊を連れてきたりするけど、人間が見てる場所では絶対にやらないんだよな。精霊内でのルールみたいなものがあるんだろうか。

どの精霊もばらばらに自由に生きてるように見えるのに、そういうルールは案外しっかり守っているのが意外だ。

なんだかんだで遵法精神《じゅんぽうせいしん》は高いんだな――と考えたところで、ミスジャンティーの顔が浮かんでしまったので、ケースバイケースなのかもしれない。ミスジャンティーの場合、ルールの隙間《すきま》を突こうという意識が高い。

そして、しばらくすると、どんどんどんとドアが荒っぽくノックされた。絶対にイヌニャンク以外の誰《だれ》かだ。

「悪い子はいねえがーっ！」

イヌニャンクと一緒に家へ入ってきたのは、サメの精霊ヴェノジェーゼだった。

サメの精霊らしく、ちゃんとサメのかぶりものをしている。

ある意味、わかりやすくて親切な精霊だ。イヌニャンクを見て、タコの精霊だって一発でわかる人、誰もいないからな。逆に言うと、だから、人目を忍ぶこともなく、街を歩いたりできるんだけど。

ヴェノジェーゼが街を歩くのは無理がある。今は武器の棍棒《こんぼう》を持っているが、棍棒がなくてもやっぱり目立ちすぎる。

棍棒はなまはげが持っている包丁《ほうちょう》みたいなもので、武器というよりは何者かを示す記号と表現したほうが近い。

「おっかないこと言ってるけど、ヴェノジェーゼの伝統というかルーチンワークだから、そこは多めに見てね」とヴェノジェーゼを伴《ともな》って戻ってきたイヌニャンクが言った。

「この家にはいい子しかいないよ。それで何の用なの？」

どうやら、ヴェノジェーゼが私を頼ろうとしているらしい。これで、全然違う別の精霊が悩みを持ってるってことはないだろう。

「うむ！　そろそろ耐用年数に達してると思っていてな！　買い替えが必要だと考えているが、売っている店がない！」

そういえば、さっきイヌニャンクも買い替え云々《うんぬん》と言ってたな。

「汚れが目立つと印象もあまりよくないし前々から交換時期とは思っているのだが、どうにも売っているところに出会えんままでな」

なんだろう。日用品かな？

この世界は通販で注文すればドアの前に届くなんてことはないので、売ってる店が見つからずに困るということもありそうだ。（魔族あたりが通販をスタートさせても今更驚かないけど）。

ヴェノジェーゼは自分の顔を指差した。

「これだー！」

「これって、どれ？」

まさか、肉体は借り物で、魂《たましい》をほかの肉体に移し替えるとでも言うつもりか？

少し怖いけど、精霊ならそういう設定があってもおかしいとは言えないしな……。

「このサメのかぶりものが傷《いた》んできたので、新しいものに買い替えたい！」

「そこかーっ！　ていうか、それ、市販品だったの⁉」

どう考えても、サメの精霊としてのアイデンティティーに関《かか》わるものだと思うんだけど。手作りじゃなくて、購入するようなものなのか。

「サメの精霊が本物のサメをかぶるのは、あまりよくないからな。このかぶりものは獣の皮や植物の繊維《せんい》などで作っている」

「私が本物の月を使えないようなものよ。サメの精霊がサメをかぶると、どっちかというとサメ・ハンターみたいな意味になっちゃうわ」

ヴェノジェーゼの横で話を聞いていたイヌニャンクが割り込んできた。

「サメの精霊がサメを狩る側に見えると困るのはわかるけど、月が使えないのとは意味が違うだろ」

「しかも本物のサメをかぶると臭《くさ》い！」

「いちいち付け足《た》さなくてもいいよ！」

「本当に臭いのよ。なんともいえない臭さなの」

イヌニャンクが鼻をつまむ真似《まね》をした。そこまでのものじゃなくても、常時かぶってるものなら地味《じみ》に大問題だろうというのはわかる。

「このサメのかぶりものは百二十年ほど前、とある街の土産物屋で見つけたのだ。なので、もう一度その街に行ってみたのだが、すでに店は廃業していた。諸行無常だ」

そりゃ、土産物を扱う店って、五代、十代と継承していくジャンルの店とも違う気がするしな。その街の観光客が減ったら、店側に続ける意思があっても、経済的に難しいし。

「それ以来、売っていそうな店があればチェックしているが、まったく見つからん」

「普通は売ってないよね。用途がなさすぎるし」

「それにサメのかぶりものを売ってそうな店ってどういう店かというと、よくわからん！」

「たしかに！」

サメのかぶりものを推《お》してる店なんて世界中回っても存在しないと思う。

「あるとしたら海のそばにある店なのかな。こんな高原で売ってることは絶対ないし」

「無論、買い替えのために、海のそばの店舗はくまなく探した！　しかし、ない！」

あくまでも自分の力で動いて、埒《らち》が明かないからここに来たのか。

「探したって言っても、ほかの精霊が探したんだけどね」と付け足した。

なんだ、結局、調査も他人任せにしてたのか？

「こんなサメのかぶりもので入店したら目立ちすぎるから、本人はほぼ入れないわよ」

「そういえば、そうだった」

入店したら不審者扱いをされる。たんなる不審者扱いならまだいいけど、強盗だと思われたら面倒なことになる。

「このサメのかぶりものがどこで作られてたかもわからん！　見当がつかん！　どうにかしてほしい！」

「どうにかと言われてもなあ……。こんな特殊なグッズがどこに売ってるかなんて意識したことないし」

おそらく、これまで私が人生で訪れた店で、サメのかぶりものを置いてあったところはなかった。

前世であればペンギンが目印の大きな雑貨の店とか、パーティグッズみたいなものを取り扱ってる店だとかが思い当たるし、最終手段として通販で購入するという手がある。そんなシステムはこの世界にはない。

どこで売ってるかよくわからないものを買うのって、かなり難しいんだな……。

「この際、サメでなくてもいいぞ！　カツオとかフグとかでもいい！」

「それはダメだろ！　その部分はサメで押し通さないと！　フグのかぶりもので、サメの精霊だとか言われても、訳のわからないことになるから！」

サメのかぶりものは相手を怖がらせる意味があるはずなので、ぱっと見が怖くない魚だと代替品にもならないだろう。

「アズサ、知らない？　かぶりもの作ってる会社の社長と知り合いだったりしない？　アズサだったら、ワンチャンそんな知り合いもいるかなって思って来たんだけど」

「そんなに都合のいい人間関係はない」

どうでもいいようでいて、切実な悩みではあるな。商売道具の買い替えだからな。さっき、カツオでもフグでもいいと言ってたけど……。

それと、私でも一発で解決できない悩みばかり、持ってこないでほしい……。この瓶《びん》が固くて開かないので開けてくれとか、すぐに力になれるような悩みもたまには用意してくれ。

「まっ、思いついたら協力するというぐらいのことしかできないけど、それでいいなら。いくらなんでも、この世界の店舗をすべて探すなんて無理だし」

こういう時、インターネットがないときつい。むしろ、インターネットがない時代の人は調査とかどうしてたんだろう。手掛かりがあれば、そこから芋蔓式《いもづる》に当たれるけど、最初の「芋」の部分がない。

「もちろん、それでいい！　サメのかぶりものを意識しておいてもらえるだけでも助かる！」

じゃあ、交渉成立ではある。別に期限があるものでもないし、軽くやらせてもらおう。

私はヴェノジェーゼが帰る前にかぶりもののサイズなどを確認した。

見つけて購入したけど、顔が入らないなんてことになったら空《むな》しいからな。

「首のところ、けっこう狭いんだな。これだけ顔が小さいなら、商品が存在してれば、子供向けでなければかぶれるな」

「小顔だなんて言われたことは何百年ぶりかもしれん！」

「それはかぶりものをしてたからでしょ。かぶりものの時点で顔のサイズは巨大に見えるから」

それと、念のためデザインも描き写した。

これに関してはシャルシャのほうが私よりはるかに上手《じょうず》なので、シャルシャにお願いした。

「歯の質感が上手《うま》く表現されている。作者のこだわりを感じる。だが、全体的に大量生産品の印象も抱く」

「過去には大量生産品だったのかな……。だったら、どこかの雑貨の店にデッドストックが残っていればいいんだけど」

シャルシャが描いた絵はわかりやすくて、これを元にすれば似《に》て非《ひ》なるものを購入してしまう失敗もないはずだ。ヴェノジェーゼは似て非なるものでも、とりあえず確保しておきたいだろうけど。

こんなの、一年後や二年後に見つかればいいところだろう。

それでも無理なようだったら、オースティラにサメのぬいぐるみの作成を依頼するか。一点物だから高くつくはずだが、サメの精霊なんだから、そこは妥協せずにお金を出してもらう。

けれども、偶然私よりはるかに詳しそうな客人がやってきた。

「ん、なんじゃ？　珍《めずら》しい奴《やつ》がおるのう」

ベルゼブブがヴェノジェーゼを見るなり、そう言った。

どっちかというと、ベルゼブブが来すぎるので、珍しくなさすぎるのだ。

深い話でもないので、私は事情をベルゼブブに説明した。

「なるほどのう。消耗品というようなものではないとしても、そんなに古くから使っておれば、ボロボロにもなるじゃろうな」

「そういうこと。なんか、いい店知らない？」

「知っておるぞ。その手のものを扱っている専門店がヴァンゼルド城下町にあるのじゃ」

「マジか！　ヴァンゼルド城下町って何でもあるな！」

あっさり解決の糸口が見つかった。

もう、みんなベルゼブブにまず相談してほしい。そっちのほうが解決も早い気がする。

「ピンポイントでサメのかぶりものが売っておるかは知らんが、近い用途のものが置いてあるのは間違いないのじゃ。立地はたしか――」

「あっ、できれば直接案内してくれるとありがたいんだけど」

ベルゼブブは嫌な顔をしたが、了承はしてくれた。やはり、こういうのはお互い様である。

「ただし、娘たちを連れてこい。どっちかというと、娘たちが喜ぶタイプの店なのじゃ。来る奴が多そうじゃから、ファートラを用意するのじゃ」

「うん、私の娘を連れていくよ。それと、ファートラは仕事増やしちゃって申し訳ないな……」

「単調な事務作業をヴァーニアに押しつけられるから、そんなに嫌がったりはしておらん。そこは杞憂《きゆう》じゃぞ」

私も前世で事務作業のつらさは知っているので、気持ちはわからなくもない。

ヴェノジェーゼはベルゼブブにお礼ということで、干したイカと、干した小魚を甘くしたお菓子《かし》、それからイカを薄くフライにしたものを渡した。

「年寄り臭いチョイスじゃのう」

ベルゼブブは文句《もんく》を言いながらも食べていた。

「やけに酒が飲みたくなる食べ物じゃな」

干したイカとか、まさに酒のつまみだもんな。

「子供も喜んで、酒のあてにもなる！　一石二鳥だー！」

子供が喜ぶだろうかと思ったが、シャルシャがイカのフライをばりぼり食べていた。こういうの、駄菓子屋《だがしや》に置いてあったから、たしかに子供向けか。

解決に一歩近づいた記念で、夕飯の時間にお酒を出して、軽く飲みました。

◇

後日、私たち家族とヴェノジェーゼ、イヌニャンクはリヴァイアサン形態のファートラに乗って、魔族の土地を目指した。

たしかに精霊まで連れていくとなると、ドラゴンには乗り切れないのでリヴァイアサンが来てくれるのは助かる。

農務省からしたら、絶対に業務ではない内容だから恐縮だが。

大型の船ということでヴェノジェーゼは張り切っていろんな海産物を持ってきた。釣った魚を入れておくような箱から何か取り出してくる。

「これはホヤだ！」

「いきなりマニアックな食材が出てきた！」

赤いフルーツみたいな見た目だけど、これ、海にあるんだよな。どういう生態なのかイメージができん。

「ホヤは苦手《にがて》だという者も多い。だが、それは古いホヤを食べたせいだ！　新鮮なものとそうでないものとの間で味の違いが大きい！　今日は新鮮な生きたままのホヤを持ってきた！　ちゃんと美味《うま》いぞ！」

その時、艦内にアナウンスみたいなファートラの声が聞こえた。

『あんまり生臭いものは持ち込まないでくださいね。持ってきちゃったものはしょうがないので、換気を全開でやります』

ファートラからしたら、磯《いそ》の香りで艦内が充満するのは嫌だろうな……。

「新鮮なウニと最高級のアワビ、ほかにもキャビアも持ってきたので、ご容赦《ようしゃ》願いたい！」

『ウニとキャビアですか。それを置いていってくれるなら、よいでしょう』

話がついたらしい。私も食べたい。

だが、今度はヴェノジェーゼがやけに足が多い虫みたいなものを取り出した。

「高級なシャコも持ってきたぞ！」

『気持ち悪いですね！　それ、中に逃がさないでくださいね！』

ファートラの悲鳴じみたアナウンスが響く……。自分の中に不気味《ぶきみ》な生物がいるようなものなのだろうか。

「見た目はアレだが絶品だぞ！」

『見た目もいいもの持ってきてくださいよ』

今回はヴァーニアがいないので、私たちで厨房《ちゅうぼう》を借りて、海の幸を料理した。ただ、ホヤとかシャコとか調理方法がわからないので、そういうものはおおかたヴェノジェーゼに任せた。

ヴェノジェーゼの持ってきた海産物はたしかに素晴《すば》らしいもので、見た目のせいで警戒されていたシャコもちゃんとおいしかった。

ヴァンゼルド城下町に着くと、ベルゼブブが待っていた。

「早速《さっそく》案内するのじゃ。城下町といっても、少しはずれのほうにある店じゃからな。ちょっとだけ歩くぞ」

それぐらいどうってことはない。目的地がわかってる時点で、あてのない捜索より心理的には圧倒的に楽だ。

郊外の、土地も城下町の中心部よりは安そうなところにその店はあった。それと、郊外でないと建てられないような四階建ての大型店だった。

看板に魔族の言葉で大きく「覆面専門店」と書いてある。

四階建てのうち、三階と四階が販売フロアだ。では一階と二階は違う店かというと、そうではなく、この店の倉庫らしい。店舗が三階にあるって、商売の常識としては不利だと思うが、専門店なら街を歩いててふらっと立ち寄る客はいないから大丈夫なのだろう。

入店直後、私が見たのは、

「わっ！　生首かと思った！」

と叫《さけ》んでしまったぐらい、リアルな馬の頭のかぶりものだった。

「馬の頭は売れ筋商品らしいからのう。店の前に置いてあるんじゃ。わらわも馬はたまに見る」

こんなの、どこで見るんだとベルゼブブに聞きたかったが、たしかに前世でも馬のかぶりものは変装グッズとして需要が大きかった気がする。牛でも豚でもなく馬だった。

何か理由があるんだろうな。馬だと首が長いので、すっぽりかぶりやすいからとか。

そして、馬の横には本当に牛や豚のかぶりものも置いてあった。海の生物の商品は視界の範囲には見当たらないが、陸上の動物は有名どころは取《と》り揃《そろ》えているようだ。

「出だしは悪くないや。これはいけるかもしれないね」

「おお……素晴らしい……。サメもあってくれ、あってくれー！」

ヴェノジェーゼもテンションが上がっている。かぶりものをしていても、そういうのはわかる。

なお、本当はベルゼブブに案内してもらうつもりだったのだが——

「ファルファよ、ここのかぶりものは高価じゃが、その分通気性が大変よいので快適なのじゃ。シャルシャ、お目が高いのう。そのかぶりものは現代の名工に選ばれている職人が作っている一点物じゃな。値段の桁《けた》がまったく違うのもそのせいじゃ。サンドラよ、あっちにマタンゴのかぶりものがあるが、よかったら試してみんか？」

こんな調子で娘への説明しかする気がない。

ある意味、ここまで目的がはっきりしていると潔《いさぎよ》いとすら言える。

「違うわよ。マタンゴは植物じゃないわ。あいつらは全然別の連中。あんなのをかぶったら、植物がキノコに寄生《きせい》されたみたいだわ」

「むっ……そうじゃったな。切り株に顔が生えている魔族のかぶりものならあるようじゃが、どうじゃ？」

サンドラの需要にはこの店も応《こた》えられるか怪しいみたいだ。それだけマンドラゴラは数が少ないということだ。

いや、その考え方でいくと、サメの精霊の需要も少ないのでは……。

これだけの専門店でも見つからなかったらまずいぞ。

三階にはサメのかぶりものがなかったらしく、ヴェノジェーゼは四階に上がった。よく売れる商品なら店舗入り口のこの三階にありそうだし、大丈夫かな……。

結論から言うと、心配の必要は何もなかった。

四階には海コーナーがあり、そこにサメのかぶりものもたくさん置いてあったのだ。

「おおお！　こんなにあるのか！　しかも、何社かで製造されているっ！」

ヴェノジェーゼが興奮しているように、サメのかぶりものはたしかに五種も陳列されていた。

構造はほぼ全部同じだが、リアルさや目の表現が違っている。

かわいくデフォルメされたサメまであった。

「よかったね、このサメのかぶりものって、今かぶってるのと同じじゃない？」

おそらく、魔族の土地で製造されていたものが流れ流れて、過去にヴェノジェーゼが購入した人間の土地まで行きついたんだろう。

一個ぐらいなら場所もとらないし置いておいたものをヴェノジェーゼが見つけたというのが真相だと思う。

この専門店では何種類も置いてある程度に需要があるようだから、この二十年や三十年でどこも製造しなくなるということもなさそうだ。

「ありがたい……ありがたい……」

顔は見えないがヴェノジェーゼは感極まっているようだ。周囲から見るとどうでもよいことでも、本人からするとすごく大切だったりするんだよね。

「次のかぶりものを全力で選んでね」

と、ヴェノジェーゼは五種類を陳列棚から一個ずつ取った。

「全部買っておく！　ストックしておいて損することはない！」

「それはそうか！　とことん買い溜《た》めしておくといいよ！」

こうして、ヴェノジェーゼのかぶりものを探すという目的に関してはあっさり達成された。

近くの棚では、タコのかぶりもののところでイヌニャンクがうっとりしていた。リアル志向のものじゃなくて、デフォルメされたタコだ。

「美しいわね、このフォルム。占《うらな》いの店の前に並べておこうかしら」

止めはしないけど、そんなことをすると占いの店じゃなくて、タコ焼きの店に見えそうだ。タコ焼きに近い料理は古代文明で滅んでるから問題はないのか。それでもタコの専門店だとは思われるからダメだな……。

四階の奥からロザリーがぷかぷかやってきた。

「あっちには衣装も置いてましたけど、本当に変装用のものばかり置いてますね。魔族ってこんなにかぶりものを必要とする習慣なんてありましたっけ？」

その疑問は私も気になってるものだった。

「だよね。城下町でかぶりものをしてる人をうじゃうじゃ見かけるなんてことはなかったし」

「仮面舞踏会みたいなことでもしてるんでしょうか?」

立派な馬車でお城に乗りつけてやってくる、馬や豚のかぶりもの集団の様子が脳内に浮かんだ。タチの悪いパリピかよ。

「仮面舞踏会の仮面って、こういうのとはジャンルが違うと思うよ。目元だけ隠すような奴でしょ」

馬のかぶりものでダンスをしても恋は芽生《めば》えない。

「それがちゃんと需要というものはあるんじゃ」

ベルゼブブの声がすると思ったら、ちょうど階段を上がってくるところだった。

「もしや本当に仮面舞踏会をやってるの?」

「違う、違う。だいたい、お高く気取った奴が正体を隠した舞踏会を開いたとしても、専門店がやっていけるほどは売れぬわ」

となると、ほかの理由があることになる。

「死霊再生祭の前にみんな購入するからやっていけるのじゃ。専門店はあるが、売り上げの大半は死霊再生祭の直前じゃろう」

「死霊再生祭? 名前からして、おどろおどろしいな……」

ある意味、魔族らしい名称ではあるけど。

「かつてはおどろおどろしかったかもしれぬが、今はすっかり形骸化《けいがいか》しておる。こういうかぶりものをかぶって街を練り歩いたり、子供たちは近所の住人からお菓子をもらったりするのじゃ。かぶりものは死霊になったフリじゃな」

それってハロウィーンだ！

かぼちゃのかぶりものがシンボルの機能はしてなさそうだけど、構図は限りなく似ている。

「本式は、全身仮装して練り歩くものらしいがのう。それだと大変じゃし、使える日も限られすぎておる。そこで昔からかぶりものだけで済まそうという空気があったのじゃ」

そりゃ、しっかりコスプレしてハロウィーンに出るほど気合いの入ってない人のほうが多数派だろうしな。そういうのは世界が変わろうと同じだと思う。祭りで血沸《ちわ》き肉躍《にくおど》る人しかいない土地というのはない。

その結果、気軽に祭りに出たいエンジョイ勢のために、かぶりものだけでよしとする風潮が生まれたのだと思う。理にかなっている。

「なるほどね。全国規模の祭りなら、王都の近くで専門店を開くだけの需要もあるわけか」

二階までが倉庫なのも、祭りの話を聞いて納得がいった。売れる時にはすごく売れるから、倉庫を兼ねているほうがいいのだ。

「そういうことじゃな。ところで祭りは今年もあるのじゃが、せっかくかぶりものの店に来たのじゃし、何かかぶって参加してみんか？」

さらっとベルゼブブは言った。

さほど熱心な口調ではないので、嫌なら無理強《むりじ》いしないということだろう。

ベルゼブブは祭りで盛り上がるタイプの人間は苦手とする側だから、この温度感はわかる。

「そしたら、何か買おうかな。でも……無駄《むだ》にリアルなのが多くて怖いな……」

いざ購入しようと思って眺めると、生首がいくつも壁にかかってるように見えてきた……。

「まっ、ゆっくり迷うがよいわ。わらわは娘たちがほしいものの相談に乗ってくるわい」

本当に何か買ってあげたくてしょうがないんだな……。

死霊再生祭は娘たちがベルゼブブに行きたいと言ったので、参加が確定した。

◇

で、時は過ぎ、今年の死霊再生祭の日程が迫ってきた。

私たち家族はヴァンゼルド城下町に向かっている。

今回はヴァーニアがリヴァイアサン形態で乗せていってくれた。大変助かる。

ちなみに私は無難にウサギのかぶりものを用意した。もちろん、例の専門店で買っておいたものだ。馬みたいな不気味なものは家に置いておきたくないという気持ちもあり、購入しなかった。

なお、ほかの家族が何を買ったかはあえて見ていない。先にわかってしまうと面白《おもしろ》くないからな。


そしてヴァンゼルド城下町に到着したが――

「ごった返してるな……。しかも、群衆がかぶりものだらけ……」

当たり前だが、祭りなのでまず、人がたくさん出ている。

さらに、かぶりものをするのがドレスコードみたいな祭りなので、たんなる祭りの人ごみより圧が明らかに強い。祭りの趣旨にも沿《そ》うからか、化け物みたいなかぶりものも多い。

ある種、魔族のことを見たことがない人間が想像した魔族の街という感じがある。

ぽんぽんと後ろからファルファが私を叩《たた》いた。

これは何かかぶったから、こっちを向いてという合図だな。


私が後ろを振り向くと、そこには猫・犬・レッサーパンダがいた。


それぞれファルファ・シャルシャ・サンドラだと思われる。

「おお、王道に近いところを選んだんだね。サンドラだけ、ずいぶん特殊だけど」

この世界だとレッサーパンダってどのへんにいるんだろう？　そもそもパンダっているのか？

パンダがいなかったら、レッサーパンダって名称でもなくなるよな。

「これがどういう動物かわからないけど、一番かわいいと思ったのよ。がお～」

植物でもかわいいと思う感覚は動物（というか人間に近い存在）と大差ないんだな。

ファルファとシャルシャも「がお～」とサンドラと一緒になってやっている。猫と犬は「がお～」と鳴かないと思うが、かわいいのでとにかくよし。

あと、フラットルテはドラゴンのかぶりものをしていた。

「何かがおかしい！　大きく間違ってるわけじゃないんだけど、ドラゴンがダブっている！」

ここでドラゴン形態になったら大きすぎて歩けなくなるので、人の姿のままでかぶりもので済ま

すことに意味はあるのだけど、やっぱりモヤモヤするものはある。

「どうせなら、かぶりものも強いままがいいですからね。ドラゴンです。かぶりものがブルードラゴンっぽくないドラゴンなのが難点ですが」

どのドラゴンかに偏《かたよ》らないように作ってるんだろうな……。ドラゴンから苦情が来たら面倒そうだもんな……。

「それと、ライカはその兜《かぶと》みたいなのは何なの？　虫の仲間？　触覚《しょっかく》ついてるけど」

ライカはかぶりものではなくて、帽子《ぼうし》のように頭にだけかぶるものを選択していた。大幅にデフォルメされていて、虫の不気味さはない。

「海コーナーで売っていました。我《われ》も見たことはないのですが、ダイオウグソクムシという名前だそうです」

深海にいる奴だったな。

「ところで、ライカはなんでそれを選んだの？」

デフォルメされているから、かわいいと認識してもおかしくはないが。

「名前にダイオウとあったので、我も竜王として王を名乗るものにしようかなと」

矜持《きょうじ》によって選ばれていた！

ロザリーは馬のかぶりものをしていた。

あれ？　そういえば、幽霊用のかぶりものは魔族も販売していないんじゃないかと思うけど、どこで入手したんだろう？

「ロザリー、その馬の調達先はどこ？」

「これは馬の悪霊と交渉して、かぶるみたいにしてます」

「この祭りで、一番リアルかもしれない！」

「あくまでも角度によってはかぶってるように見えるだけなんですがね。馬の悪霊も暇《ひま》だったから来てもいいと言ってたんで」

「そっか……。ロザリーってなんだかんだ、交友関係は広いよね」

それと、家族のうちハルカラがいないが、準備をするので遅れて来るという。

待ち合わせ場所は決めているけど、本当に出会えるのだろうか。

私たちを運んできてくれたヴァーニアは牛のかぶりものという無難な選択肢だ。

「ヴァーニアははっちゃけてくる印象だったけど、今回は堅実だね」

「わたしのこれはセンティー牛という高級ブランドの牛です」

「よくわからんこだわり！」

「牛の農家が見ればわかりますよ」

「農家しかわからんレベルなら、わからんわ」

なんだかんだで、みんな、自己主張はしてるんだな。むしろ、私が守りに入りすぎている。私はウサギだからな。本当にドレスコードを満たせればそれでいいだろうという選択だ。

「それでは、移動しましょうか。通りを練り歩くだけでもいいんですが、広場がメイン会場ですからね」

地元民であるヴァーニアについていく形で私たち家族も出発した。

通りは日本で見たハロウィーンなんかより、はるかに雑然としていた。

なにせ、元からの魔族がさらに仮装しているので、人間視点で見ると、いわば二重に仮装しているようなものなのだ。

かぶりものやお面で済ましているだけの魔族が多数派ではあるが、一方で完全に凝ったコスプレをしている魔族もいた。だが、かえってコスプレなのかどうかわからないケースも多かった。

「ねえ、あれは仮装なの？　たんにああいう服なの？」

「おそらく、寒い土地の民族衣装を違う土地の人が着てるんだと思います。あのタイプの翼はもっと暖かい土地の魔族のものですから」

こんな形で、ヴァーニアの解説がないと、仮装なのか普段からそんな服で生活してるだけなのか、判別できないのだ。

「ちなみに、アズサさん、あれも仮装ですよ」

ヴァーニアが指差した先には、体長四メートルはある巨体のサイクロプスがやたらみっちりした服を着て、歩いていた。

「どうってことない庶民《しょみん》の服に見えるけど」

「あれは人間の庶民の服を着ているという仮装ですね」

「細《こま》かすぎて伝わらない仮装……」

そうか、人間側も魔族からすると仮装する選択肢に含まれるのだ。

だが、魔族視点で見ても、人間の仮装はつまらなそうだ。単純に見た目のインパクトが薄い。

「サイクロプスはだいたい半裸《はんら》ですからね。服のサイズが合わないんですよ。なので、ぴっちりした服をわざわざ作ったんだと思います。おそらく着るんじゃなくて、布を体に張り合わせるようにしたんでしょうね」

「サイクロプスとしては努力したのか……。でも、やっぱり効果は薄いな」

巨体のサイクロプスという見た目だけでインパクトがあるので、プラスアルファの仮装部分が響かないのだ。

このあたり、顔がのっぺりしてるほうが化粧映えしやすいのと近い原理だと思う。見た目が最初から派手だと、化粧で新しい要素を足しづらくなる。

いまいち成功してない仮装もあるが、多くの魔族はかぶりもので馬やら牛やら、その他得体のしれない化け物やらになっていたので、インパクトは十分にあった。

前世だとメイド服を着てくる人とかもいたが、そんなのはいなかった。しかし、シェフみたいな見た目の人はいたので、特定の職業を示す仮装もアリらしい。

もちろん、練り歩くだけが目的ではないので、出店もある。しかし、往来《おうらい》の人ごみがすごいので、商品購入は難しそうだ。慣《な》れてる客は腕を伸ばして、さっとお金を渡して、商品を器用に受け取っていた。

「歩いてる気はないけど、いつのまにか流される感覚だ」

「ほとんどの道は一方通行ですからね。通り過ぎると、引き返すために大回りすることになるので、気になる出店は早目に買ってくださいね」

顔を上げると、「渋滞　この先広場まで二十分　ゴブリン大通りまで三十分　新オーガ通りは右折のみ」といった交通整理の文字が見えた。

わちゃわちゃしすぎていて楽しむ余裕もあまりないので、寄り道などはせず広場へと移動した。

広場は空きスペースが多い分、通りを歩くよりはゆったりしていた。

そこにスライム――のかぶりものをしたベルゼブブがいた。

「おお、よう来たのう。そして、娘たちがかわいいのじゃ！」

目的が露骨《ろこつ》だ。完全に娘たちを来させるためだったな。

「それにしても、とんでもない人の数だね。あらゆる魔族がヴァンゼルド城下町にやってきたみたいだよ」

「ほかの都市でもやっておるんじゃがな。仮装が醍醐味《だいごみ》じゃから、仮装のバリエーションが多い大都市であればあるほど面白いというわけじゃな。なので、ここに集まってくる」

田舎《いなか》の農村がすいてるからみんなで集まろうぜということにはならないから、しょうがないか。

「こういう仮装の群衆の中に、死霊たちが紛《まぎ》れてこの世に戻ってくるというお祭りですからね」

その声の主《あるじ》は緑色のうねうねしたものを顔にかぶっていた。顔かどうかわからないというより、目がついてるかすらわからないので、かなり怖い。

「ええと……ファートラでいいのかな？」

今日見た仮装の中でも、最も化け物っぽい。

「はい、そうです」

「ところで、これは何の仮装なの？」


「コケの仮装です」


「もはやコケを顔につけてる変な奴でしかないよ！」

端《はた》から見ると、何を考えてるかわからなくて一番怖いタイプの仮装！

「いえいえ。立派な仮装ですよ。緑は心を落ち着かせる効果もありますしね」

「そんなことでは落ち着かんし、祭礼で心を落ち着けてもしょうがないじゃろ」

これに関してはベルゼブブのほうが全面的に正しいと思う。

「ああ、アズサは適当に祭りを楽しんでおればよいぞ。わらわは娘たちと――」

「いいところだけ持っていくようなことはダメ。みんなで回るから、よろしくね」

抜け駆けはさせん。それにこっちは家族で動いてるわけだしな。

「わかったわい。ところでハルカラのやつがおらんが」

「ここで集合するようにとは言ってるんだけど、ちゃんと来られるかな……」

人の波に流されると、自動的にこの広場に来る気もするが、単独行動だと違う波に流されて、変

なところに出るおそれもある。途中で間違いと気づいても、戻ってくるだけでも大変だしな。

と、人ごみの中に目立つものがあった。

大きな箱が一つ突き出ているのだ。

そういう仮装かなと思ったが、どうもミミック、いやミミちゃんぽいぞということがわかってきた。

「なんじゃ、鉄仮面の奴の頭にミミックが嚙《か》みついておるぞ」

「あれ、箱の形状からして、うちのミミちゃんだ！　じゃあ、鉄仮面はハルカラだな！」

正解だったらしく、ミミちゃんに嚙まれたまま、鉄仮面がこっちにやってきた。

「どうも、どうも、ハルカラです。ミミちゃんも祭りに参加させてあげたいと思って、こういう形にしました」

「なるほどね。しかし、ミミックって人ごみは平気なのかな……」

どっちかというと、洞窟や塔で宝箱に擬態《ぎたい》してひっそり待ち構えているものだけど。

「大丈夫みたいですけどね。怖がるようなら、ここまで連れてこられなかったでしょうし。ねっ、ミミちゃん？」

ハルカラがミミちゃんの箱を撫《な》でた。

ミミちゃんは何も言わないが、ハルカラの説が当たっていると信じよう。

全員が揃ったので、広場をぶらつくことにした。

広場は祭りの中心であるだけあって、店も並んでいるので、飽きることもない。

仮装している参加者もわらわら広場にやってくるので、広場にいればいろんな仮装を効率よく見学することも可能だ。

広場の内部をなんとなく二周した。

それでも、広場に入ってくる魔族が多いので、退屈するどころか情報量が多すぎるぐらいだ。

家族で時間を過ごすことはできたし、ここからはベルゼブブにも花を持たせることにした。

「娘たちとどこか回ってきていいよ。また広場集合ね」

「心得たのじゃ。あっ、ファートラとヴァーニアも一時自由行動！　また、広場に集合じゃ！　むしろ、ついてこんでよい！」

ベルゼブブが都合よく差配していくが、この程度なら私も許容しよう。リヴァイアサン姉妹が二人で行動するのも悪くないことだと思うし。

ライカやハルカラは広場に残るつもりのようだ。ここが祭りのメイン会場なので、そこにい続けるのも正しい判断だ。

私はどうしようかな。

ちょっとだけ一人で通りの奥まで行ってみようか。

それぐらいなら道も簡単だから、迷いようもないはずだ。広場は大きいので、来た時と逆方向から入ってくるルートもある。

死霊がやってくるお祭りなのだし、死霊らしく街を徘徊《はいかい》しないとね。

かぶりものと仮装ばかりの中を歩くのは、独特の面白さがあった。

前世の言葉を使うなら、まさにハレの日だ。

いろんなものが浮《う》ついて、アゲアゲになっている日だ。

騒がしいのだけど、おっかない空気ではない。ただ、恐ろしい要素がないのか、恐ろしいと思う感覚が参加者の中で麻痺《まひ》しているだけなのかはわからないけど。

私の横に緑色のかぶりものをした人が並んだ。ファートラかなと思ったが、もっと明るい緑色だから、全然別物だ。

植物のかぶりものかと思ったら、カエルだった。

「いやあ、たまにはこの手のにぎやかなお祭りもよいものですね～」

カエルのかぶりものが言った。

独《ひと》り言《ごと》？　いや、私に話しかけてるのか？

「自分の教義でも、こういうにぎやかな日を設けることにします！」

「あっ、メガーメガ神様ですね。そうですね」

よく見たら背後に天使みたいな羽が生えている。神様に対して、「天使みたいな」という比喩《ひゆ》もおかしいけどね。ランクが下がっている。

「いえいえ、神様がほかの宗教のお祭りに参加したりはしませんから。人違いじゃないですかね」

わざとらしく、すっとぼけるつもりか。

まっ、今日は仮装をする日だから、ここで正体を暴《あば》くのは無粋《ぶすい》だ。私だってウサギのかぶりものをしてるし。

「これまでは、立場上、お祭りみたいなものもまさしく高みの見物だったんですよ。参加する機会もなかったんですね」

「それはそうかもですね」

「会社でたとえると、取締役の人が店舗で実際に接客をしないようなものですね」

「軽く聞こえるから、たとえないほうがいいと思いますよ」

あくまでも本人の自由だが、意見だけ言っておいた。

「高みの見物をしている時もそこそこ面白かったですし、参加者がどれぐらい楽しんでるかということも、だいたいわかったつもりなんです。つ・も・り、だったんです」

メガーメガ神様はわざわざ強調した。

厳密にはメガーメガ神様であるかはわからないが、私はメガーメガ神様だと思ってるので、そう表現する。

「しか〜し！　こうやってかぶりもので歩くだけでも楽しいものです。それがとてつもなく楽しいものかと聞かれるとそうでもないのかもしれませんが、それでもやってみないとわからないのです」

「ですね。わかったつもりになってやらないのはよくないですね」

「そういうことです。おっと、知り合いも来ました」

私の右側にまた緑色のかぶりものが目に入る。カエルかなと思ったら、ワニだった。

「そやつが、とりたてて意外なことを言っているわけではないがな。体験が無意味ということになったら、修行者のしてきたことがすべて無意味になってしまうではないか」

ああ、ニンタンで間違いないな。

「なので、魔族の祭礼にも顔を出してみることは意義があるのである」

「深いこと言ってるようで、結局、神様も遊びに来ましたってことの言い訳だよね」

「アズサよ、そんなわかったような口が一番ダメなのだぞ。冷笑主義は何も生み出さんからな」

私の名前を呼んでる時点で、隠す気すらないな。

だが、二人の言葉に反対するつもりはない。

私も参加してみてよかったと思ってるし。

「では、朕《ちん》たちはこのまま行くが、アズサよ、一つだけ本当に大事なアドバイスをしておく」

ニンタンが偉そうに言った。

「誰かわからん者のかぶりものやら仮面やらはとってはならん。顔を隠せるということに乗じて、ろくでもないものが参加しておるかもしれんからな」

「ここに神がいるわけだし、説得力はあるな」

「デキアリトスデなら朕たちが関知しているからよいが、新手のデキアリトスデみたいなのが混じっておるおそれがある」

「それは怖い！」

神の中には大きな騒動のきっかけになるものもいる。

いわゆる、触《さわ》らぬ神に祟《たた》りなしって存在もいる。

で、そういう神のほうからこういう祭りに来ているってこともある。

「仮面はとらない！　絶対とらない！」

「それがよいぞ。それでは、またな」

緑色のかぶりもの二人は消失してしまった。何でもないように消えると、それこそ騒動になるかもしれないから気をつけてほしい。

今度は前方から人ごみをかき分けてやってくるスライムのかぶりものがいた。

ベルゼブブもスライムのかぶりものをしていたが、首から下がベルゼブブじゃないので別人だとわかる。それにベルゼブブなら、私の娘と歩いてるはずなので単独行動は絶対にない。

そのスライムのかぶりものはするすると優雅に私の前までやってきた。

「お姉様、一緒に歩きましょう♪」

「ペコラも参加してたのか。そりゃ、参加しないわけないよね」

「民の皆さんが何を楽しんでいるのか、統治者も知らないといけませんからね。あっちにおいしい揚げ物のお店があるんで行きましょう！」

「はいはい。じゃあ、案内してね」

お祭りの日はいろんな出会いがあるものだなと思いながら、私はペコラに腕をとられながら、そのお店を目指した。

途中、タコのかぶりものが手を振っているのが見えた。

イヌニャンクも遊びに来たんだな。

横にクラゲのかぶりものもいるし、あれはキュアリーナさんの確率が高い。みんな、何の精霊かわかりやすい姿をしている。

そしたら、ヴェノジェーゼもいるのかなと思ったら——

デフォルメされたかわいいサメのかぶりものが立っていた。

「悪い子がいても、今日は大目に見るぞー！」

「ファンシーなタイプのかぶりもので来たんだ！」

「怖いかぶりものだと、日常と変わりなくなってしまうからな！」

それはそうか。日常であるケの基準は人によって違うから、非日常のハレというものも変わってくるのだ。ハレとケは流動的なものなんだな。

「今日は祭りだから、顔も見せてやろう！」

ヴェノジェーゼがかぶりものを外した。

そっか。

そんな顔をしてたんだな。

「かぶりものをとった姿を見るのはあまりよくないこととされてるんですよ」

ペコラに注意された。さっきニンタンが言ってたような話が魔族の間でも伝承されててもおかしくない。魔族にとっても恐ろしい死霊がやってくることもあるだろう。

「あれは、向こうから外してきたんだから許してよ」

もしかしたら、私が知らない間にほかの知り合いともニアミスしてるかもね。

◇

死霊再生祭は無事に終わり、私たちも静かな高原の家に戻ってきたのだけど、帰りは荷物がわずかに増えていた。祭りの最中に娘たちがベルゼブブから買ってもらったものがあるのだ。

洗濯物を干している前で、スライムのかぶりものが二人座っている。

「スライムだよ～。湿気《しっけ》はちょっと多いぐらいがちょうどいいな～」

「吾《われ》、ただ、ここに在る。ただ在るのみ」

ファルファとシャルシャがスライムのかぶりものをかぶって、スライムごっこをしている。

「空気が乾燥してきたから、水辺に近いところに移動しようかな～」

「しかれども、吾だけでは吾はここに在ることかなわず。吾を生かすためにあるもの、限りなし」

スライムのかぶりものをしながら、スライムが考えてそうなことを言う遊びらしい。

しかし、ファルファのイメージするスライム像と、シャルシャのイメージするスライム像とで、大きな違いがあるが……そこのところはいいのだろうか。

まっ、いろんな人間がいるんだから、いろんなスライムもいるだろう。

その様子をサンドラが土に入りながら見ていた。

「つまんなさそうね」

娘を否定することになるので、同意しづらいが、あまり楽しそうには見えないな。

私が使っていたウサギのかぶりものほか、大半のかぶりものは使い場所がないので、倉庫に入れてあります。

バンドが結成された

ジャガジャ〜ン、ジャガジャガジャジャ〜ン。

高原の家にギター（にしか聞こえないけど、この世界の名称ではリュート。とはいえこれは古代文明で見つけた楽器なので、もしかすると本当にギターなのかもしれない。私の頭の中ではギターと解釈する）が鳴り響いている。

演奏しているのはフラットルテだ。相変わらず演奏が上手《うま》い。

このギターは、サーサ・サーサ王国で学校の七不思議を解決した時にフラットルテが持って帰ってきたものだ。

学校に残っていた備品なので、誰《だれ》かが所有権を有してるのではという気もしたが、古代に廃校《はいこう》になったところだし、校長の悪霊も文句《もんく》を言ってこないのでよいのだろう。

ギターは古代から放置されていたとは思えないほど保存状態もよく、素晴《すば》らしい音色《ねいろ》を奏《かな》でている。

もっとも、フラットルテの技術がすごいから、保存状態が悪くてもいいように聞こえるだけの可能性もある。上手い人なら子供向けの安物の楽器でもいい音色を出しちゃったりするしな。

練習が一息ついたところで私はぱちぱち拍手《はくしゅ》した。

「いやあ、よく弾《ひ》けるね。プロの吟遊詩人《ぎんゆうしじん》みたいだよ」

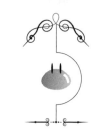

「ご主人様、それは言い過ぎなのだ。こんなものでプロと言ったら笑われてしまいます」

「私からしたら十分にプロレベルに聞こえるけどね」

「まあ、下手《へた》な吟遊詩人たちならいくらでもいるので、きっとフラットルテ以下の奴《やつ》もうじゃうじゃいるんですが。とくに、黎明《れいめい》期のエモーショナル系の中には本当にひどい奴らもたくさんいましたしね」

あっ、これは話が長くなるやつだ。

「昔はまともにリュートを弾けないのにステージに上がって会場を壊しまくる奴とか、流血沙汰《りゅうけつざた》を起こす奴とか、放火しようとして止められた奴とか、ひどいのがたくさんいましたからね」

「もはや音楽の話じゃなくて、ただの犯罪者の話では……」

なんで吟遊詩人の話で、放火って単語が出るんだ？

「それぐらいひどかったんですよ。エモーショナル系の若い奴らは暴《あば》れまわってましたからね。そんなところから後年大物も輩出しましたけど、なにせ無茶《むちゃ》が過ぎるので、死者だってたくさん出てます。当時の界隈《かいわい》はそういう怖いところでした」

「内容がすさまじくて、まだ音楽の話って気になれん」

吟遊詩人になりたいとかメガーメガ神様に言わなくてよかったと思った。

「ですが、当時はエモーショナル系しかなかったですからね。やがて、それがビート系・クライム系・純粋系に大きく分化していくんです。当然、厳密にはそんなはっきり分けられませんけどね」

「また専門用語が増えた！」

「あっ、ビート系は今の時代は絶滅してます。雑に言うと、過剰系の祖先の一つです。過剰系はクライム系の様式美とビート系のポップさを足《た》して出てきた運動です。初期の過剰系はクライム系そっくりの見た目をしてましたし、吟遊詩人たち本人もクライム系だと認識していたようですが。吟遊詩人が過剰系だと言われて、怒って演奏前に帰ってしまった事件は有名ですね」

補足されても、元の情報がわかってないので、そうだったのかと思ったりもできん。有名な事件かどうかも判断できん。

「ほかにも出された料理が辛《から》すぎて怒って帰った事件や、違う会場に行ってしまって演奏できなかった事件や、寝坊しすぎて間に合わなかった事件などいろいろあります」

「一番最後のは、ただの寝坊だろ」

事件性がなさすぎる。

「じゃあさ、フラットルテはどういう音楽をやってたの？　過去にやってたことはあるんだよね？」

フラットルテは過去に音楽活動をしていた。

本人いわく、ちょっとやっていただけということだが、私みたいな完全な素人《しろうと》から見れば、今でもプロなのではと感じるほど上手い。

毎日、ギターを鳴らし続ける時代がなければ、あんなに音は出せないはずだ。

プロになったことはなくてもセミプロぐらいまでは進んでいた時期があったのではないか。

フラットルテは珍《めずら》しく、たじろいでる様子だった。

すぐに話し出さずに、頭の中で言葉の整理をしているような。

「一応ですよ。一応ですけど……純粋系に分類されるんですかね。けど、まだエモーショナル系の空気が強く残ってましたから、エモーショナル系なのか」

あのフラットルテが遠慮がちだ。

やっぱり、あまり話したいわけじゃなさそうだな。

興味はあるけど、肝心《かんじん》の音楽の知識が私に全然ない。まさに興味だけで人が言いたくないことを聞きたがるのはマナー違反だろう。

この話はここで終わりにしよう。

私の中ではそういう結論で落ち着いた。

お前の前世について詳しく話せと言われたら、話すことはできてもそんなにうれしいことじゃないもんな。

私が過労で倒れて死んだという話をしても、せいぜい過労に注意しようという教訓を学ぶぐらいの価値しかない。

「それじゃ、もうちょっと弾きますね」

フラットルテも話が終わったと判断したらしく、またギターを弾きだした。これが純粋系の曲調なのかな。

そのギターの音色がしばらく高原の家を包んだ頃、ドアが開いた。

入ってきたのはククだった。

目下、絶賛活躍中の吟遊詩人だ。

以前も校歌制作を頼まれたとかで高原の家に来て、きれいごと一切《いっさい》ナシの校歌を作った。その曲はぶっちゃけすぎてたせいで校歌には採用されなかったが、ククのオリジナル曲として人気を博した。

「さすがです。フラットルテさん」

「簡単なコードを弾いてるだけなのだ。上手いも下手もないだろ」

フラットルテは音楽を褒《ほ》めると、あっさり謙遜《けんそん》する。おそらく吟遊詩人の曲を聴きまくっているので、上には上がいるということを知っているのだろう。


「フラットルテさん、青犬兵団《あおいぬへいだん》って吟遊詩人グループを組んでらっしゃいましたよね?」


その言葉にフラットルテの尻尾《しっぽ》が大きく動いた。

「なんで、そんな名前を知っているのだ? お前が生まれるずっと昔の吟遊詩人の名前なのだ」

「ヴァンゼルド城下町の音楽専門の図書館で、昔の吟遊詩人雑誌を見ていたんです。そしたら、青犬兵団のことが書いてあって、メンバーにフラットルテさんの名前が書いてあって……」

ククの言葉が長くなるにつれてフラットルテの表情が苦いものになっていく。

昔の話はやめてくれということだと思うが、ククはククであこがれに似《に》た表情を浮かべていた。

「そのあと、古い時代の吟遊詩人について調べました。そしたらエモーショナル系から純粋系への架け橋となった伝説的存在として青犬兵団が書かれていました。とんでもなくすごい吟遊詩人だったんですね！」

ククにとったら、過去の大先輩だということを発見したってわけだな。

「過去のことだから賛美《さんび》して書かれてるだけだ。調べたのならわかるだろ。青犬兵団は別に大きな会場で演奏したこともない。せいぜい三百人でいっぱいになる王都の小さなハコでやったぐらいなのだ」

「でも、チケットはソールドアウトしてますよね。次の時代を担う吟遊詩人だと言われてたって――」

「過去の話はどうでもいい！」

フラットルテが切り捨てる。

「終わったことなのだ。過去の栄光にすがるのは、ブルードラゴンじゃなくてもあらゆる存在にとって恥《は》ずかしいことなのだ」

終わったことというのはフラットルテの中では事実なんだろう。でなきゃ、こんな話、一緒に暮らすようになって数日で言いたくなると思う。私にとってはそれぐらい特別なことに感じる。

それを言わずにいたということは、フラットルテにとって本当に忘れたいことだったんだ。

フラットルテは嫌なことを言われて泣き出すタイプじゃないが、あんまりククがこの話を続けようとするなら、止めに入ったほうがいいかな。

「いや、私も過去のフラットルテさんを褒め讃《たた》えるためだけに来たわけじゃないですよ」

ククは背負っていたギター（これもリュートと呼ぶべきだろうが、私はギターと呼ぶ）を下ろした。

それからギターの細いほうをつかんで、フラットルテの側に突きつけるようにした。

なんだ、音楽で決闘でも挑むのか？


「フラットルテさん、一緒に音楽活動をしませんか？」


えっ？

バンドやろうぜみたいなこと？

「半永久的にとは申しません。期間限定のユニットで十分です。一緒にやってみたいんです」

フラットルテはあきれた顔になった。

「一緒にやるって、アタシが吟遊詩人をやってたのはいつのことだと思ってるんだ？　王都で青犬兵団のステージを見た客は全員死んでるぞ。今のアタシは音楽に関してはただの一般人で、お前は魔族の土地を中心に活動する人気吟遊詩人だ。このブルードラゴンは誰だってみんな、思うだろ」

的確な指摘だと思った。

いくら青犬兵団というのが伝説的な吟遊詩人グループだったとしても古すぎる。

その復活を待ちわびてる人間は誰もいないのだ。歴史上の存在として知られているにすぎない。

心外だというように、ククは首を振った。

「勘違いしないでください。有名な吟遊詩人だったから一緒にやりたいだなんて思ってませんよ。ただ、フラットルテさんと一緒にやりたいって言ってるんです」

それはなんとも熱烈なラブコールだった。

「しかも、今だってリュートを弾いてたじゃないですか。それを不特定多数の人に聞かせるかどうかだけの違いです」

たしかにフラットルテがギターを練習してるということは、ギターへの興味は今もあるという証拠だ。

フラットルテはしばらく、ククの目を見ていたが――

やがて根負《こんま》けしたように、ククが突きつけていたギターをつかんでゆっくりと下ろした。

「商売道具なんだから、もうちょっと大事にするのだ」

「すみません……。ああでもしないと、私も気合いを入れられないなって……」

もしや、私の前ですごいことが決まったのではないか。

吟遊詩人グループ結成の瞬間を私は目撃した。

「上手くいくかは知らないぞ。吟遊詩人として演奏するっていう点だとアタシはブランクだらけなのだ。人前に出せないものだったら、アタシは諦《あきら》める。フラットルテ様の名前にみすみす泥を塗る気はないのだ」

「それでいいです。どう転ぶかは私もわかりません。でも、今の私の音楽性は純粋系に近いものだと思いますし、つまり、青犬兵団とも近くなってるはずなわけで、できるんじゃないかなって。

——近すぎると、それはそれで魔法みたいな反応が起きなくなるから面白《おもしろ》くないんですけどね」

このあたりは難しい問題だな。意外な組み合わせだからこそ、化学変化が起きることもあるが、オペラ歌手の代わりにデスメタルのヴォーカリストを入れても、ぐちゃぐちゃになるだけだ。

でも、失敗して失うものはないのだし、やるだけやってみればいい。

それこそ、かつてのエモーショナル系の吟遊詩人のライブ（ライブと呼んでいいよね）みたいに、死人もケガ人も出ないだろうし。

「わかった。わかった。そしたら、青犬兵団の曲を練習でちょっとやってみる。錆《さ》びついてるから、錆を落とさないとな」

フラットルテがギターを鳴らす。それは私が聞いたことのない曲だった。

これまでのフラットルテの練習曲より全体的に激しい。激しいといっても、スキファノイア時代のククみたいに暴力的でうるさいという意味ではなくて、テンポが速い。

高原の家では演奏せずに封印していたってことかな？　私がいないところで練習してたのかもしれないけど。

そのフラットルテのギターに合わせて、ククもギターを弾きだした。

おお、セッションというやつだ！

かっこいい！　専門的な言葉で表現できないけど、明らかにかっこいい！

私は両手を挙《あ》げて、盛り上がっていた。

改めて、目の前にプロがいると思った。

「よかったよ！　本当に上手い！」

もしかすると、プロの目線ではまだまだなのかもしれないが、私は素人なんだから、素人基準で褒めさせてもらう。

「ですね。私も演奏の水準なら問題ないと思います」

ククがこう言ってるなら、技術面に関しては万事ＯＫということだ。

「いい曲が作れるかはまた別だけどな。アタシはこの件に関しては楽観視しないのだ。ここまでブランクがある活動再開は聞いたことがないのだ」

私も前世で百五十年ぶりの活動再開とか二百年ぶりの復活だとかいった単語は音楽業界で聞かなかった。

「けど、やる気がないわけじゃないから心配するな。フラットルテ様は手は抜かないのだ。それにしても、青犬兵団にはろくな思い出がないんだが、それにお前が反応するとはな」

フラットルテは、らしくないため息を吐いた。

「解散したってことは、何かもめることでもあったの？」

私は無責任に尋ねた。

フラットルテから話題に出したんだから、聞いてもいいだろう。

「まっ、そういうことです。あんまり聞いてる奴はいないな？」

フラットルテは廊下を確認してから、何かを決めたようだった。

「青犬兵団の話、簡単に話そうと思うのだ。一緒にやるククが知らないままなのもおかしいしな」

おお、どんな話が聞けるんだろう。

「よろしくお願いいたします！」

ククも伝説の存在の逸話を聞きたがっている。

「聞いて面白いものじゃないかもしれないけど、責任はとらないぞ。しかも、昔のことすぎて間違ってるところもあるかもしれないのだ。言い訳はこれぐらいにして話すとするか」

◇

フラットルテが語るモードに入ったので、私は人数分のお茶を用意した。

テーブルにカップを置いたところで、フラットルテも話のスイッチが入った。

「アタシが仲間たちと吟遊詩人グループを結成したのは、エモーショナル系が流行《はや》っていた頃だった。といっても、当時はエモーショナル系って言葉は元々のおとなしい吟遊詩人がバカにして使ってた言葉だから、自称するものじゃなかったんだけどな」

このあたり、印象派って言葉の起源に近いな。

やってる本人が「俺《おれ》たちのカテゴリーは○○だ」と言い出したらダサいし、外部がその時代には異様に映ったものに対して名づけるものなのだろう。

「フラットルテさんはどうして音楽に興味を持ったんですか？」

ククが尋ねる。そういや、音楽を聞き出すきっかけがわからないままだ。

「いや、吟遊詩人をやると堂々と暴れられそうだからいいなと思っただけだぞ」


目的が暴れること！


どんだけ当時の吟遊詩人業界、治安が悪いんだよ……。

「仲間のブルードラゴン同士でやろうという話になったのだ。けど、吟遊詩人グループをやろうとすると楽器がいるのだ」

楽器って一日の食事を我慢《がまん》して買える値段じゃないよな。貯金でもはたいたのかな。

「しょうがないので、吟遊詩人グループと楽器を賭《か》けたケンカをして、無事楽器を揃《そろ》えたのだ」

「やり方が強引《ごういん》すぎる！」

「こっちもバイトを三十日代わりに働くとか、交換条件は出していたんで、強盗をしたわけじゃないですよ。犯罪になるとややこしいですしね」

相手も納得して受けてたのならいいのかな……。

不良同士の戦いと考えれば、お互《たが》い様ではあるのか。ブルードラゴンに向かっていったとしたら、勇気があるというより、無謀な気もするけど。

「それで青犬兵団って名前で活動をスタートさせました。活動場所はその頃から王都です。その頃の曲はろくでもないものですけどね。こんな感じでした」

フラットルテが席を立って、またギターを担《かつ》いだ。

雑音に近い耳障りな音が鳴らされた。

しかしスキファノイア時代のククの音楽とはまた違う。

スキファノイアは人を選ぶような重低音のメロディをわざわざ構築している感じがあったが、フラットルテが鳴らしている音のほうがはるかに単純なのだ。

「ああ！　そうです、そうです！　当時のエモーショナル系ってものすごくシンプルでハードなものが多かったらしいですね！」

ククにとったらこの音楽は歴史上の存在という扱いか。

「こんなのを一曲やったら観客とケンカ、また一曲やったらケンカって感じだったのだ」

演奏とケンカの割合が半々！

「今だったら、メンバーと客がケンカしたら、その時点で公演中止ですからね。時代は変わったものです」

それが普通だ。ていうかケンカした直後に演奏する気分になるのか。

「主催してる側も荒らくれ者でしたからね。客も曲を聞くというよりケンカが目的なんじゃないかって奴も多かったですし」

世紀末という表現が頭に浮かんだ。

静かな高原で暮らしててよかった。

「ほかの吟遊詩人グループに目をつけられて、雇《やと》われたブルードラゴンをけしかけられたこともあったけど、それも返り討ちにしました。誰がけしかけたのかも聞き出して、その吟遊詩人グループの演奏中に乗り込んで、中止に追い込んだこともあります」

フラットルテは得意げだが、音楽じゃなくて暴力の話しか聞けてないぞ。

「あまりに無茶苦茶なんだけど、何がきっかけで青犬兵団は音楽性が変わったわけ？　ケンカで負けでもしたの？」

「ブルードラゴンはめったなことじゃ負けませんよ。音楽性が変わったのは、興行主にこう言われたせいですね」

なんだ、お前たちには才能があるだとか言われたのかな。

「『君ら、ケンカは強いけど、音楽はほかと似たり寄ったりだね』と言われました」

「吟遊詩人に言う指摘じゃない！」

「『ケンカじゃなくて、音楽であっと言わせるものを作りなよ』と。なかなかこたえました」

それがこたえるのもどうなんだと思う。本当にケンカがメインだったんだな。

「それで曲はこれまでどおりシンプルだけど、もう少し聞きやすいものにしていこうってことで、こんな曲になっていったんです」

今度のフラットルテが鳴らした音楽は、はるかにポップだった。
しかし、構成がシンプルなのは変わってはいない。
目的意識が変わると音楽ってこうも違ってくるんだ。
「それです！　こんな曲が純粋系のはしりだと言われるようになったんです」
ククはプロだけあって、詳しい。
フラットルテはうろ覚えの歌詞で一曲、弾き語りをした。
歌詞は日常のことに、シュールなことが紛《まぎ》れこんでくるものだった。

パン、家に来た

気弱なパンが家に来たから　マーマレードのジャムを塗ってあげたよ
気弱なパンは涙流して　ジャムがしみると僕をにらんだ
それはないよね　それはないだろ　善意じゃないか
神様が悪いな

これは暴れることを目的とした曲じゃない。

何も考えずに暴れるには、不可思議すぎる。何を言いたい歌詞なんだろうと考えてしまう時点で、暴れようって気にはなれなくなる。

「歌詞はアタシがつけたものじゃないのだ。今になってみても、変な歌詞だな。酔っ払って作ったんじゃないか？」

フラットルテは自分の所属バンドだからか、否定的なことを言っているが、なかなか面白いと思う。

少なくとも、とりあえず恋愛の歌を歌っておけばいいだろうみたいな発想ではない。確固とした独自性がある。

「歴史的には、音楽は暴力じゃなくて芸術も表現できるんだってことを、青犬兵団の曲はほかの吟遊詩人たちに教えたということになっています」

ククの解説を聞いてなるほどと思ったが、すぐに何かがおかしいことに気づいた。

「いやいや！　元から音楽は芸術のためのもので、暴力のためのものじゃないだろ！」

「当時も宮廷の吟遊詩人みたいなのはいましたけど、街の狭くて暗い会場で演奏するような吟遊詩人は暴力的だったということですね」

なんか、ロックの歴史の勉強をしているようだ。

青犬兵団という吟遊詩人グループが方向性を変えたことは間違いない。

それがほかの吟遊詩人グループにも影響を与えたのだ。

しかし、そんな青犬兵団は解散することになったはずだから、何か問題が発生したのだ。

よく言われる、音楽性の違いというやつかな。

個人でやってるわけじゃないから、意見対立が起こるのは当然のことだし。そこで険悪なムードになれば、一緒に音楽をやるどころじゃなくなる。

「途中までは上手くいってたんですけどね、だんだんファンがほかの吟遊詩人のファンに襲撃されるようになってきたんです」

フラットルテの言葉にさすがの私もそれはひどすぎると思った。

「そこまでして青犬兵団を活動休止に追い込もうとしたのか。やることがえげつない。ブルードラゴンのメンバーには勝てないからってファンを狙《ねら》うのか……」

「ファンを守るためには、活動を止めるしかないですよね……」

ククもショックを受けているようだ。

フラットルテがケンカで無双《むそう》したとしても、ファンの大半は人間だ。ケンカ慣《な》れしてるようなファンなのかもしれないが、それでも狙って襲撃されたら見には来られなくなる。

「いや、ちょっと違うぞ」

フラットルテが否定した。

「襲撃されて負けるようでどうする、もっと強くなれとメンバーがファンにケンカを教えようとしたら、みんな逃げていったのだ」

「自分たちで問題をこしらえてた！」

ブルードラゴンの価値観なら、襲撃されて負けるほうが悪いって発想になるわな。で、襲撃されても勝てるようにファンを特訓しようとしたりして、これはかなわんとファンも逃げていったんだろう。

「特訓にビビって誰も来なくなったのだ。しょうがないので、襲撃に来た奴を見つけ出して、そいつらに特訓させたのだ」

「目的が入れ替わってるぞ！」

「観客がいないんじゃ続けても意味がないので、青犬兵団は自然消滅したのだ。ほかのメンバーも熱が冷めたら、あっさりやめる気になってたしな。若いブルードラゴンたちがお遊びでやってみたという次元なのだ」

ううむ、悲劇的な話――でもないか。

どういう感情でいればいいかわかりづらいな……。

「それでも青犬兵団は吟遊詩人の歴史に確実に足跡を残しています。フラットルテさんも胸を張ってください」

「そうだな、ケンカに関しては最強の吟遊詩人だったという自負はあるのだ」

やっぱり、微妙に話がズレている。

無難な感想を述べるとすれば――

人に歴史ありだなと思いました。

◇

かくして、フラットルテとククによる音楽の練習がはじまった。

フラットルテは長らく誰かと演奏を共にする経験がなかったので、ククと合わせることに時間を使っているようだった。

一方でククも普段の自分の曲よりは速いテンポに慣れるよう努力していた。

つまり、どっちも相手に合わせるという意識でやっていた。

練習期間がどれだけのものになるかわからないが、ある程度結果が見えるまでククは高原の家に投宿する。結果的にまたククが合宿場所として、この高原の家を選んだ格好だ。私としてはにぎやかなほうがいいので、好きなだけいてくれればいい。

練習は雨が降ったりしてない限り、屋外でやっている。たまにサンドラやロザリーが覗《のぞ》きに行ったりしていた。

私も見に行ったりしたが、素人からは上手そうだなということまでしかわからない。私のステータスに芸術的才能みたいな項目はないし、しかも吟遊詩人を聞きまくっているわけでもない。

「ところでクク、フラットルテを誘おうと思ったのには何か理由があるの？　それとも、青犬兵団にフラットルテがいたと知ったのが最近だったからなだけ？」

高原に座りながら、私はひと息ついているククに聞いた。

「どっちもです。自分の音楽に新しい変化を入れていきたいなという思いはあって。それを実行するのに、ほかの人とやるというのはわかりやすく効き目があるので」

いわば強制的に自分を変えることになるものな。

「ククはククでいろいろ考えてるんだね」

「はは。知名度は上がりましたけど、その状態を維持するというのも大変ですし、目標だって次第に見つけづらくなりますからね。昔みたいに、売れたいとか有名になりたいとか、わかりやすい目標は立てられないんで。しょうがないので、いろいろ実験します」

知名度の維持か。それは想像を絶するほど難しいよな。

たとえば不老不死《ふろうふし》で三百年生きるなんてことは、危険なことをしなければそのうち達成できることだけど、人気者である状態を続けるというのは常に外部の求めるものと自分が作るものを一致させないといけないということだ。

奇跡みたいに難しいことだと言っていい。

「難問ですけど、これも人気が出たから悩める問題ではあるので、音楽で食べていけることを幸せだと思うことは忘れないようにしていますよ」

自分でも何様だよと言いたくなる感想だから口にはしないけど、ククは成長したな。

地に足がしっかりとついている。

一方で、フラットルテは必死に何かを見つけようとしている節があった。ギターの練習姿勢にそれが感じられる。

迷っているというのとも違う。探していると言ったほうが近い。

偉そうなことを言ってるが、てんで的外れかもしれない。音楽のことは何もわからん。芸術方面を極めにいったことが私にはないからな。

なので、打ち込んでいる人を見るだけで、立派に見える。フラットルテは立派だ。

フラットルテが練習の手を止めた。


「さてと、ククよ。そろそろどんな曲を作るか、決めていくか」


「まずは練習してる青犬兵団の曲でよくないですか？　過去のストックだけでもかなりありますよね」

ククの言葉にフラットルテは露骨《ろこつ》に不快そうな顔になった。

「そんな過去の骨董品《こっとう》にすがっても何にもならないのだ。吟遊詩人の歴史の中に位置づけられることはあるかもしれないが、技術的に過去のものはやっぱりショボいのだ。プロであるお前が演奏するものじゃない」

「そんなことないですよ。青犬兵団の曲は激しさとポップさが共存してますし、ここまでのポップさは私のこれまでの曲にもないから新しい挑戦にもなります」

ククが毅然《きぜん》と反論する。

なんだか青色兵団をけなされて、むっとしてるようだ。

これってファンが、自分のバンドを自虐的に語るバンドメンバーに怒る構図に近いかも。

「挑戦？　それはこれまでと違うことをしてるだけのことをいいように表現してるだけなのだ。曲のレベルが低いからやれない。イチから作るしかないぞ」

「だから、そんなことないです。プロとして言いますけど、ちゃんと通用します」

「プロの技術でショボい曲を通用させても、自慢できる話じゃないのだ。まずいパンをおいしく食べられるレシピを考案する前に、うまいパンを用意してそれをさらにおいしくするレシピを考えるべきだろ」

まさか、こんなところで衝突が！

止めるべきか？　だが、すべてが音楽の話なので部外者の私から何を言えばいいのか……。

「もう、いいです。そしたら、私が青犬兵団の曲を問答無用の水準になるまでアレンジします。それで私の言い分を証明してみせますよ」

「だったらフラットルテ様も、この曲のほうがいいと言ってしまう曲を作ってくるのだ！　言葉で理解できないなら、モノを出すしかないからな！」

うわ、ここに来て、音楽性かはわからないが、方向性の違いが浮き彫りに……。

やっぱり、複数人で音楽をやるって難しいんだな。二人でもこんなに食い違うのか。

むしろ、二人だから、合わない意見が目立つのか？　調停してくれるほかのメンバーもいないしな。

「私はここでアレンジを考えます」

「フラットルテ様は、あっちの丘で曲を作ってくるのだ！」

フラットルテはフラタ村と逆側の下り坂を駆けていった。

音楽活動、前途多難だな……。

つかみ合いのケンカをしているわけではないが、フラットルテとククの対立は私たちの生活にも微妙に影響を与えた。

食事中の時間でも、二人が話すことがなくなった。

ほかの家族とは話しているので、ぱっと見はわからないのだが、よく観察するとフラットルテとククとの間では会話は発生してないのだ。

お互い、自分の意見を通すために何かやっているわけだし、その結論が出れば、自動的に決着するかもしれないが、どうなることやら。

ギスギスしてるわけじゃないけど、そんな独特の緊張感がある日々が数日続いた。

洗濯物を干してる時に、ククのギターが響いてきたけど、従来のククの音楽よりは激しく感じる。

青犬兵団の曲が元になっているからだろうか。

「落ち着くところに落ち着いてくれたらいいだけどな……」

私が難しい顔で、洗濯物を干していると、近所をランニングしていたライカが戻ってきた。

「お疲れ、ライカ。いつもストイックだね」

「毎日のメニューをこなしてるだけなのでたいしたことありません。ククさんのように新しいものを創造しようとする行為と比べれば、楽なものですよ」

そうだ、ライカにもなだめる役の候補になってもらおう。

「あのさ、これは最悪の場合を想定しての話なんだけど、フラットルテとククの意見が合わなくて分裂しそうになったら、ライカも仲裁に入ってくれない？」

私は洗濯物を干す手を一度、止めた。

「もちろん、私も加わるつもりだけど、私はスライムを倒して淡々《たんたん》と生きてきただけだから、自分の信じる道を突き進んでる相手の心を動かせる自信がないんだよね」

「別に一つの道を邁進《まいしん》することだけが正しいとは限らないですが。それこそ、我《われ》がアズサ様に教えてもらったことです」

「そう言っていただけるのはうれしいんだけど、とにかくあの二人が決裂するかもって時はサポートお願い」

「承知いたしました。ですが、おそらく何の問題もないと思いますよ」

ライカは簡単にそう言ってのけた。

「あの二人は切磋琢磨《せっさたくま》しているだけで、対立しているというのとは違いますから」

あれ？　私の考え方が悲観的すぎたのか？

ライカは「では、もう少し走ってきますね」と言って、高原の家から離れていった。


そして、個別に練習を続けていた二人がついに対峙《たいじ》した。

場所はダイニングだ。仕事でいないハルカラ以外は全員集まってもらった。

方向性の違いで解散しようとするのを止めるためというのが人数を集めた裏の目的なのだが、それは察せられてはいないはずだ。

二人はギターを持って向かい合っている。ギターがなかったら、ラップバトルでもするのかという雰囲気だった。あまり音楽でひりついた勝負の空気ってないからな。

対バンという言葉程度なら私も知っているが、複数のバンドが出演することを対決みたいなものにたとえただけで、ギターで相手を攻撃したりはしない。

エモーショナル系の話を聞いてると、ギターで相手を殴《なぐ》るとか実際にあったらしいが、過去の話は別問題とする。

「私からいきますね」

「好きにしろ」

先攻のククがギターをかき鳴らしながら、歌いだす。

そのメロディはフラットルテが弾いているのを聞いたことがあった。青犬兵団のものだな。けど、フラットルテの時より優しさが加わっている気がする。オブラートが一枚足されたような。

そのちょっとしたことで聞きやすさが劇的に増した。一方、曲の勢いは衰えてない。

原曲はそっけなく終わっていたけれど、ククのものはサビに当たるところが繰り返されたりして一分は長くなっていた。

「――ということで、こんな感じでした」

ククの演奏が終わる。フラットルテはそれを真顔で聞いていた。楽しそうでもないけど論外だとか言い出さないだけマシかな。

「次はアタシだな」

フラットルテはククのアレンジに感想を付け加えるでもなく、ギターを弾きだした。

ずいぶん性急だなと思ったけど、自分が演奏する前に相手の評価を伝えるほうが変なのかもしれない。

「タイトルはリンゴの果肉《かにく》（仮）だ」

日差しのランクが無慈悲《むじひ》に一つ上がって
十五分飛ぶと頭痛がするな
涼しい場所と甘いものが
人生には必要だよな

ケーキの中のリンゴの果肉がザクザクと

立派な屋敷も傾いてるボロ家も
真上から見りゃ大差はないな
神様が怒ったら
つぶれるのも一緒だしな

フラットルテが弦の振動を手で止めた。

「こんなところだな」

テンポは速いがアコギで駅前ライブをやってる人が歌ってても違和感がないと思った。とぼけた空気って言うのか。青犬兵団の曲みたいな粗削《あらけず》りな乱暴さは残ってなくて、ひょうひょうとしている。

言うまでもなく、ククが作曲した従来の曲とはまったく違う。ククの歌詞にこんなに現実から離れた調子のものはない。ククのリスナーが聞いたら、この歌詞は何を言おうとしてるのだと思うはずだ。

これをククが歌ったら、新境地なのは間違いない。

そして、青犬兵団という触媒《しょくばい》がなければ生まれない曲――ククー個人の変わろうという姿勢だけでは作れなそうな曲だ。

新規のグループにふさわしい曲じゃなかろうか。

それぞれの曲を聴いたけど、どっちもアリだな。

しかし、これってどういう結果になるんだろうか？

音楽に携わっていた人間からすれば、勝ち負けはすぐにつけられるものなのか？

私にはとても優劣をつけられない。しかも、ククがフラットルテと新たに組んでやろうとしてる活動とも矛盾《むじゅん》しない。

優劣がつかないがゆえに、ずっと意見が平行線なんてことにならなければいいけど……。

二人はむっとした顔で視線を合わせている。

にらみ合っているというほどでもないが、楽しい空気でもない。緊張感がこっちにも伝わってくる。

ケンカ直前の野良猫二匹の様子を見守っているような……。

ふっと、フラットルテが一歩近づく。

おいおい、拳《こぶし》で決着つけるのはまずいぞ！　それだとフラットルテが絶対に勝っちゃうし！

それに呼応するようにククも一歩踏み出す。

すぐに二人の距離がゼロに近づいていって――


ぱちんっ！


二人がそれぞれ互いの手を叩《たた》き合わせていた。

よく音の出るタッチと呼ぶべきか。

もう、二人の表情もゆるんでいる。これは笑っていると言っていい。

「悪くない曲だったぞ。新しいことをやろうとしてる気持ちは伝わったのだ」

「フラットルテさんのほうこそ、今すぐプロとして通用する水準でした」

よかった……。音楽でわかり合えたらしい。破局は訪れなかった。

「しかし、巡り巡って、同じような曲になりましたね」

リラックスした声でククが言った。

その言葉を聞いて、私もはっとした。

よく考えてみたら、二人が演奏したものは似た要素を持っていた。

「みたいだな。いいなと感じてるものは近かったのだ」

フラットルテもうなずく。

出発点は違うけど、曲だけを聞けば、いつのまにか二人は合流していたのだ。

「違う街道をたどっていっても合流することはありますからね。音楽の世界ではよくあることですね」

「そうだな、同じ吟遊詩人が演奏したからって不自然な違いじゃないのだ」

「どうでしょう。青犬兵団の曲をアレンジできるものは利用しつつ、新しく曲も用意していくというので」

「それでいいぞ。そしたら、やっていくか」

どちらからともなく、手を差し出した二人は強く握手をした。

横で見ていて心配したけど、何の問題もなかったな。

「ヴァンゼルド城下町でコンサートがあるんで、三日後にはここを出ないといけないんですが、それまでの間にもう少し詰められたらなと」

「間を空けるのはかまわないぞ。フラットルテ様も曲を作りためておきたいからちょうどいいのだ」

「じゃあ、人前でやれるだけの曲が揃ったら、その時はよろしくお願いしますね」

「せいぜいアタシも恥《はじ》をかかないように練習しておくのだ」

吟遊詩人ってすぐに口論するし、すぐに仲直りするんだな。

そう私は心の中だけで感想を述べた。


だけど、翌朝、高原で二人は強く口論していた。

それこそ、フラットルテがつかみかかりそうだったので、ライカがいざとなったら止められる立ち位置にいるほどだった。

「ねえ、ライカ、いったい何があったの？　昨日、丸く収まったんじゃなかったの？」

「それが、吟遊詩人のグループ名を決めるという話で対立しているようで……」

新しい火種があった！

「青兎《あおうさぎ》部隊でいいだろ！」

「二人でやるのに、『部隊』なんてつけるのはおかしいですよ！　ウサドラにしましょう！」

「お前のは安直すぎるのだ！　しかも、なんで最初から略されたような名前なのだ！」

「覚えてもらいやすくするほうがいいんです！　フラットルテさんの案だって、どうせそのうち青兎としか呼ばれなくなりますよ！　『部隊』は最初から外《はず》せばいいでしょう！」

「客がどう呼ぶかと、自分たちでどう名づけるかは別の話だろ！」

音楽性の違いで解散ということが起こりうるなら、「名称の考えの違いで結成せず」ということも起こるのかな……。

それだと何もはじまってすらいないから、目にする機会はないけど、そういうこともあるのかもしれない。

「ライカ、これも放っておいて大丈夫なの？」

「わかりません。普通はこんなつまらないことで揉《も》めたりしませんから……」

もし音楽の神様がいたら、命名してもらったりできないか。……いや、音楽の神様が決めたところで二人が同意しないなら意味ないな。

結局、グループ名は保留のまま、練習だけが再開されたようです。

娘の日記を読んだ

She continued destroy slime for 300 years

お昼過ぎ、サンドラと買い物に行って帰ってきた。

菜園に行くサンドラとは家の前で別れて家の中に入ると――

テーブルに何か本が広げてあった。

きれいに両開きになったままだし、左右どちらのページもまったいらだ。

近づいて、それが何かわかった。

これ、シャルシャの手書き文字。つまり、広げてあるのはシャルシャの日記だ。

日記だとすれば、記入のしやすいように、開けばまったいらにテーブルに広がるようになっているだろう。日付も書いてあるし、間違いない。

「シャルシャ、日記を置いたままにして、どこかに行ったのかな。これだと読まれちゃうんじゃ……」


ふと、魔が差した。

普段、シャルシャはどんなことを書いているんだろう？

気にならないと言えばウソになる。

それに、閉じてあるものを開くのはダメだが、すでに開いているものを真上から覗《のぞ》くぐらいならいいのではないか。

だって、日記の前の椅子《いす》に座れば、自然と文字が目に入ってくるわけだし。

日記を閉じてしまうことはたやすい。だが、それはそれで誰《だれ》かが手を加えたことを意味する。誰かに読まれたのではという疑いをシャルシャは抱くのではないか。監視カメラなんて設置されてない以上、閉じた人間は読んでないことを証明できない。

だったら、開きっぱなしのページを読むぐらいはいい。そういうことにする！

目に入ってしまう形にしているのはシャルシャなのだし……。

私は日記の前に立った。

いやあ、なんか偶然、書いてある文が目に入るなあ。


今日は確認しなければいけないことがあり、州の大きな図書館に寄ったのだが、そこで難問にぶつかった。

著者の名前が出てこないのである。

いわゆる、ど忘れというものが起きてしまった。

思い出せないといっても、名の知られていない研究者ではない。大学生であれば誰だろうと知っている研究の大家である。なのに、その名前が出てこない。

本のタイトルはいくつも口にすることができるし、その著者の出身地や出身大学、四十代で左遷《させん》されて十年の後《のち》に元の大学に戻ってきたことなど、経歴までつらつらと述べることができる。著書の研究史的な意義を語ることだって訳はない。

なのに、名前だけが靄《もや》で隠されたかのごとく出てこないのだ。

自分の頭を不愉快《ふゆかい》な気持ちと、不安が支配した。なんらかの気まぐれな悪意によって、名前を隠されたのではという気すらする。

図書館には姉も来ていたので、この本の著者の名前が出てこないので教えてほしいと言うのは容易である。姉の専門分野とは外《はず》れるが、名前程度ならきっと知っている。だが、そんな名前も忘れたのかと思われることは必至である。それは自分のわずかなプライドを傷《きず》つける。当然、図書館の司書だとかほかの人物でも同じことである。自分は幼児ではないのだから。

ファルファのことを姉と書いてるの、ちょっと面白《おもしろ》いな。姉と口で言うことはないので新鮮である。

それと、図書館の人は子供が質問してると考えるだろうから、そんな名前も知らないのかとは思わないだろうけど、シャルシャ本人が大人だと自己認識しているのでしょうがないな。

そんなツッコミは置いておいて、先に進もう。

やむをえないので、著者の名前順に配列されている本棚を順に確認することにした。

著者の名前を見た途端、思い出すに違いないのだ。にわか雨の直後に晴れ間がやってくるがごとくに。著書も多いし、本棚から名前を見逃すこともそうそうないだろう。

しかし、めあての著者の名前にはなかなか出会わない。何人もの大家の名前を本棚から見つけることができるのに、自分が探している著者の名前だけ出てこない。

ざっと、そのジャンルの棚の終端まで目を通したはずなのに、目的とする著者には巡り合えない。やむなく二周目を開始することになった。

最初はこの不条理に対し憤《いきどお》ってすらいたのだが、もはや感情は慄然《りつぜん》とした恐怖に変わりつつあった。

絶対にあるはずのものがない。

つまり、絶対なるものが破壊されてしまったわけである。

実を言うと、過去にもこの著者の名前をふと忘れてしまったことはある。その時は焦《あせ》って思い出さねばならない事情もなかったので、そのままにしておいた。翌日には当然、その名前は出てきた。思い出したという意識すら抱かなかった。

ということは、人間の目に誰しも盲点《もうてん》が存在するように、自分の頭はその名前だけを器用に忘れてしまう時間や場所が存在するということか。どういう理屈でそんな奇怪なことになるかわからないが、自分が特定の名前だけを忘却というか、紛失してしまうことは確かなようだ。ほかの人間も、やけに忘れてしまう名詞が存在するのではないか。

もう、今日中の確認は諦《あきら》めるべきだろうか。弱気な心が降伏を勧めてくる。しかしこんなつまらないことで敗北したくないという気持ちもあり、その意地はだんだん硬化していた。なんとしても、この本棚にあるに違いないその著者の名前を確認しなければ。

意地といっても、狭い筒から覗くがごとく、視野狭窄《きょうさく》に陥《おちい》っていたわけではない。参照する学問を間違っていないか、著者の本だけ別の場所に置かれていたりしないか、そういったケースも検討していた。

前者はほかの著者の名と書名から、間違いはないと確定できる。心理学や教育学など違う学問の棚に置かれている可能性もまず、ありえない。

後者も、この図書館がそういった別置《べっち》を行うのは有名な小説、子供向けの本、辞書の類《たぐい》に限られる。だから、本来の配置場所から抜かれているケースもない。

あるはずに違いない。

なのに、それがない。

このままだと嫌な汗でもかきそうだ。まさか図書館でこのような恐怖を味わうとは。

こんなことなら著者の名前を控えて、持ってきていればよかった。いや、図書館の本の山を前にして、名前を失念して途方に暮れることなど想像できなかったから無理だろう。ほとんど目にしたことのない名前なら殴《なぐ》り書きのメモを持参したはずであるから、自分は著名であるがゆえに著者にたどり着けないという矛盾《むじゅん》した状態に陥っているのだ。

失念とはなんと恐ろしいことなのだろうか!

人の名前をど忘れしただけで、こんなに苦しまなくても……。

けど、シャルシャの苦しみは私も経験がある。

なぜか名前が出てこなくて、嫌な気持ちになったことぐらいはある。前世のテストで空欄を前に、唸《うな》っていたこともある。

こういうの、思い出そうとしても出ない時は本当に出ないんだよね。

その記憶にアクセスするルートが突如、通行止めになるなんてことがありうるのか不明だが、そうとでも考えるしかない状況はある。

ところで、思い出せない名前は出てきたのだろうか。まだ私は解決したところを読んでいないのだ。

シャルシャの文字は小さいので、両開きの日記はまだまだ続く。


一度、深呼吸をして、煩《はん》を厭《いと》わずに、本棚の端から再度、名前を確認することにした。

その著者の本がこの世界から消え去ったということはない。なんらかの教義を批判して、禁書になったという事実もない。ならば、偶然目にできていないだけと考えるしかない。

自分の合理的精神を信じるべきだ。

読んだことのある著者の名前がいくつも並んでいる。名前を見るたびに、自分が探している本の著者ではないということがすぐに了解される。漠然と書名しか覚えていないというのではなく、その著者の名前だけを探して塗りつぶしたように知覚できないのだ。

一つ目の本棚を見終わった。

隣の本棚に向かう。一番高いところは台に乗り、低いところはしゃがみ込み、名前を追う。その本棚にもなかった。

三つ目の本棚に移った。配列は徐々《じょじょ》に後半になってくる。そろそろ出てきてくれないか。また不安が押し寄せてくる。早く安心させてほしい。この不安がまったくの取り越し苦労であり、異常なことなど何一つ起きていないと知らせてほしい。

そして三つ目の棚の下のほうに、その名前は突如《とつじょ》現れた。

セルエンジャー！　セルエンジャーだ！

自分が探していた本、『不確定なるものの疑いについて』もすぐに見つかった。

棚の低い位置にあったために、最初は目に入っていなかったらしい。それにしても、セルエンジャーの本は何冊も並んでいて、一冊、二冊飛ばしただけで出合えないということはない。

最初は本のタイトルを流し見しているだけで、著者の名前まで細《こま》かく著者の名前を確認していなかったことが徒《あだ》となった。いや、どちらかというと、望みの本を発見できたことで、最初は流すようにしか探せていなかったことが明らかになったのだ。

おお、無事に発見できたんだ！

名前をど忘れしたということでしかないのに、よくこんなに書けるものだ。

しかも、まだ文章は続いてるし。シャルシャのことだから、今回の反省点にでも触《さわ》れているのだろうか。

だが、その先を読んで、私は背筋が寒くなった。

最後に。この日記を盗み見している貴君へ申し上げる。

それは、まさしく私じゃないか！

でも、これは元々書かれていた文章だ。ということは盗み見されることが前提ということか？

よくわからない。

まだ続きはあるのだ。確認しなければ……。

無論、日記を無許可で読むことは礼儀正しいことではない。

しかし、無許可といっても状況によって罪の軽重は大きく異なる。

部屋に忍び込んで日記を探したとあらば罪は重い。だが、日記が開かれて置いてあったとあらばそれは腹をすかした猫の前に鶏肉《とりにく》とミルクを置いておくようなもので、置いた側が罪を誘発したことになる。

この開かれた日記もそういうものであり、開かれた部分を読んだからといって、強く咎《とが》めるには当たらない。

では、なぜ日記を置いていたのかといえば、失念という自分の経験に普遍性があると思うからである。

普遍性があるなら、共感を得ることもできよう。思い出せない名前があまりに著名だったり、よく会う人物だったりして聞くに聞けない事態もありえよう。

もとより、共感を得たところで根本的解決にはならない。聞くに聞けないことを恥《はじ》を感じず聞けるようにはなるまい。

羞恥心だけの問題ではなく、名前を知らないという表明が、自分の信用を失うおそれを招いたり、それほどの知名度ではないという攻撃に結びついたりすることもある。思い出せないから誰かに聞けばいいと楽天的に言えたものでもないのだ。

それでも、こういった失念のケースを書くことで、自分は一人ではないと気を強くする効果ぐらいはあろう。それで日記を開いておいたのだ。

なお、ほかのページの盗み読みを容認する気はないので、そのつもりで。貴君は日記も閉じずにこのままにしておいていただきたい。それをもって、ほかのページを読んでいないと信ずることにする。ちょうどこの左右のページも埋まった。

それでは、ごきげんよう。

娘に一本取られた。

シャルシャは私にこの日記を読むように仕向けていたのだ。

それに釣られて、しめしめと読んでしまった私は、餌だと思ってネズミ捕りに捕まったネズミみたいなものである。

でも、読んでもいいと書いてあるものを読んだだけだから、罪悪感を抱く必要はないな。

そろそろ菜園の野菜に水をやる時間だ。野菜によっては夕方にも水をやらないといけない。


サンドラの横で私は菜園にじょうろで水をやっていた。水の魔法を使ってもいいのだが、範囲がおおざっぱになるので、時間に困ってない場合はじょうろを使うほうがいいのだ。

ふと、菜園に植えてるのとは違う草が目についた。

「あっ、これ、また生えてるな――あれ？」

メジャーな雑草《ざっそう》の名前が出てこない。

雑草という名前の草はないという言葉があったようななかったような気がするが、それは置いておくとしても、メジャーなので植物名もこの地域では当たり前のものとして認識されている雑草である。フラタ村の人なら誰でも名称がわかるだろう。

その名前がなぜか出てこない。

シャルシャの苦しんでいた感覚はこれか！

「アズサ、どうしたの？　微妙に苦しそうな顔してるけど」

サンドラがやってきた。

「この草の名前が出てこなくて……」

「そんな有名な奴《やつ》の名前を忘れたの？　それは――」

私はサンドラの言葉を手を突き出して制した。

「いや、いい！　言わなくていい！　自分で思い出すから！」

サンドラに言われると敗北感を覚えると思う！

「思い出すって……こんな誰でも知ってる草の名前を忘れる？」

「とにかく、自力でどうにかするから！」

「ヒント、最初の文字は――」

「そういうのもいらない！　ほら、あれ……あれ！」

ど忘れが嫌な経験だということはよくわかりました。

また高原の魔女の偽物が出た

She continued destroy slime for 300 years

「アズサさん、二か月ぐらい前、このへんの浜辺にいたっスか?」

ミスジャンティーがファルファが広げている地図を指差して言った。

なお、ミスジャンティーは喫茶店《きっさてん》（というか、ほぼファミレス）の休憩時間に高原の家にやってきている。わざわざ歩いてここまで来てるのか、精霊らしい謎《なぞ》の瞬間移動で近くに来てるのかは不明。

「行ってないよ。これ、湖のほとりの町だよね。上空を飛んだことはあるけど、降り立ったことはないな」

「そっスか。たしかにアズサさんそっくりの人を見たって、風の精霊の噂《うわさ》で聞いたんスけどね」

「また風の精霊の噂か……」

風の精霊エンタコスはいいかげんに噂を流す問題児だ。

まあ、流す先が精霊ばかりなので大きな問題にはならないが、私の場合、精霊の知り合いも多いのでまったく無害とも言えない。

「ほかの似《に》てる魔女と見間違えたんでしょ。魔女なんて世界規模だとかなりいるからね。私の見た目も魔女としては割と一般的だし」

もはや三百年暮らしている世界をファンタジーと呼ぶのもおかしな話ではあるが、この世界には魔族も精霊もごく普通に生きている。ていうか、目の前で精霊がハーブティーを飲んでいる。

ましてや魔女なら、町に一人ぐらいはいるのではないか。これはおおげさな数字ではない。植物から薬を調合する存在を魔女と定義するなら、町に一人や二人、必要なはずだからだ。

それと、魔女と魔法使いはまた別だ。もちろん、魔法使いは魔法使いで冒険者としての需要があるので、それなりにいる。

どっちの職業も見た目は似通っているので、どこかの魔法使いが私に見えたケースもありうる。

「う〜ん。見間違いではないと思うんスよね……」

ミスジャンティーはまだ得心《とくしん》が行ってないらしい。

「そんなに引っかかる要素ってある？　ミスジャンティー本人が見たというならわかるけど、たんに話を聞いただけでしょ？」

「いや、風の精霊が『高原の魔女さんですか？』って質問したら、『高原の魔女アズサです』と答えたって言うんスよ」

「それは大問題だ！」

他人の空似では説明できない事態になってきた。

「ママの偽物《にせもの》がまた出たのかな？」

ファルファが核心を突いてきた。

そう、まさにその可能性が出てきたのだ。

「私じゃない誰《だれ》かが私に似た格好をして、高原の魔女を名乗ったとしたら、それは偽物と呼ぶしかないな……」

これは厄介なことになった。

その偽物が罪を犯して、私が犯人だと思われたら、大変なことになる。

私はミスジャンティーに喰《く》い気味《ぎみ》に聞いた。

「ねえ、ほかに偽物の情報はないの？」

「ないっスよ。それと二か月前の話っスからね。その間に偽物が事件でも起こせば、ここにも誰かしら取り調べに来ると思うっス。だから、犯罪がらみのシャレにならないことにはなってないんじゃないっスか？」

ミスジャンティーの説明は一理ある。

たとえば、自称高原の魔女の金品を盗んだという犯行声明が置かれてあれば、高原の家にも捜査の手は入るだろう。多分、違うだろうと調べる側が思っていたとしても、念のための確認程度はする気がする。

なので、まだ事件は起きていない可能性が高い。

しかし、それはあくまで可能性の話だ。

こうしている間にも、ろくでもないことを偽物が企《たくら》んでいるかもしれない。発覚に時間のかかる詐欺行為をすでにはたらいてるおそれもある。

これは調べるしかないな……。

◇

「やってませんよ。湖のそばなんかじゃ薬草もたいして育ってないですし」

エノは不本意そうに言った。

ただし、不本意な理由の半分はハルカラが尋ねているからだと思う。

私とハルカラはライカに乗って、エノの店にやってきていた。

「しかし、あなたにはお師匠様の偽物をやったという前科がありますからね～。また、偽物を演じたくなったりしてませんか？」

ハルカラとエノは商売敵なので、ハルカラの質問もだいぶ攻撃的である。

とはいえ、前科があるという部分は正しい。過去にあった高原の魔女の偽物騒ぎはエノが犯人だったのだ。

犯行理由は「いろんな人にちやほやされたかったから」というもの。

前世でも有名人のふりをする人はいた。それで実際の自分が有名になるわけでも、自分の銀行口座に間違って誰かがお金を振り込むわけでもない。なので、本当にちやほやされる感覚のためだけになりすましている人は実在した。

「当時の私は無名だったから、誰かに承認されたい気持ちがあったんです。でも、今の私はビジネスでも成功してますから、そんなことをする必要がありません。洞窟の魔女エノという名前にプライドがあります」

堂々とエノは断言した。

これだけはっきりとプライドがあると言える人が、偽物をやることはない。

「そうですか。また問題を起こしていればそれを追及してやろうと思ったんですが、そんなことはなかったですね」

「ハルカラ、せめて口に出すのはやめようよ……」

またケンカになるぞ。

「会社と会社の戦いというのは、そういうものですからね。私の作ってる薬とハルカラ製薬の薬は全国でシェアを取り合っていますから。相手の会社が事件を起こしたとなれば、ガッツポーズしたくなるのはわからなくもないです」

「エノもわかるのか……」

ハルカラもエノも企業の面では本気でつぶし合ってもかまわないという考えらしい。

会社経営は恐ろしいなという感想は抱いたが、犯人についてのめぼしい情報は増えなかった。


続いて、偽物が出たという湖のほとりにも行ってみたが、すでに偽物は去っており、行き先もわからないという。

というか、その土地では偽物だったという認知もされていなかったので、私が来て、初めて偽物だったと発覚したのだ。偽物が偽物と名乗ることはないので当然かもしれないが、やはり事件は起きていない。

というか、評判がよかった。

「いやあ、高原の魔女さんは立ち居振る舞いがとても清楚《せいそ》な方で、やっぱり有名な人は違うなと思ったよ」

「美しいお姿で、神のお使いかと感じたほどです」

「微笑《ほほえ》む様子も高貴な生まれの姫のようでした」

ざっと、こんな調子である。

「これ、偽物を放置しておくほうが私の評判もプラスになるのでは……」

ざっと聞き込みを終えて、私はそういう結論に至った。

「いえ、アズサ様、まず印象をよくして信用を得ておいてから、悪事をしでかすかもしれませんし、このままにするのは危険です」

まあ、ライカの言うとおりなのはわかっている。偽物がいる時点で問題だからな。悪事を行ってなくても、仕事を安請け合いされたりするだけでも困る。だいたい、偽物をやることも悪事の一つだし。

「しかし、偽物がどこに行ったのかさっぱりわからないな。ここからどうやって探そう……」

「この近くで聞き込みをして、当たりをつけていくしかありませんね……」

だが、近くの町や集落では高原の魔女が来たという情報は得られなかった。

ワイヴァーンなどで空を飛んで移動されたりすればルートを追うことは絶望的だし、これは難しいかなと思ったのだが――

予想外の情報が入った。


私は偽物出没の湖から少しだけ離れた町に寄った。こちらのほうが人が多いので人探しがしやすいからだ。

早速《さっそく》、通行人のおばあさんに質問する。

「あの、こちらに私みたいな見た目の魔女が来ませんでしたか？」

「いや、見てないねえ」

やはり、空振りか。

「だけど、そっちの娘さんみたいな人なら見たよ」

と言って、おばあさんはライカを指差した。

「えっ？　我《われ》にそっくりの方ですか？」

「そうだよ。たしかレッドドラゴンのライカと名乗っていたねえ」

「ライカの偽物まで出ている！」

どういうことだ？　高原の家全体の偽物がいるってことか？　そっくりさん大集合みたいに集団で動いてるの？　けど、それなら目立ちすぎるからすぐにわかりそうなものだな。状況が読めない。

「まさか、我なんかまで偽物が出るとは……。これは困ったことです……」

ライカが顔を隠すように頭を抱えた。

「有名人かどうかで考えたら、竜王のライカは有名人だと思うし、偽物をやる意味もあるってことなのかな……？」

「理由はわかりませんが、なんとしても犯人を見つけ出します！」

ライカのやる気が数倍に膨《ふく》れ上がったな……。

私とライカが困惑してる間に、ハルカラはさらなる情報をおばあちゃんから仕入れていた。

「つまり、そのライカさんはとても礼儀正しい娘さんだったということですね。まだまだ努力が足《た》りないので、もっと経験を積み重ねていかねばと語っていたと」

この話を聞く限り、偽物の言動はライカそのものだな。

偽物はライカのことをよく知っている気がする。

「ライカの場合も、ライカの評判が悪くなるようなことは何もしてないのか。その点はまだマシだな」

「それはそうですが、別人を騙《かた》る時点で大問題ですからね。しっかり捕まえたいと思います！」

さらにハルカラは質問を続けていた。

「あの、ちなみにわたしみたいなエルフはいませんでしたか？　そうですか、いなかったんですか、残念です……」

「いや、残念がるのはおかしいだろ」

ハルカラの偽物はいなかったんだから、いいことだぞ。

「自分の偽物だけいないというのは、偽物をする価値もないと言われてるみたいで嫌なんですよ！」

人の気持ちって複雑だなと思った。

「善良なわたしの影武者を用意して、各地に派遣しましょうかね」

「ヤラセはダメだぞ」


そんなハルカラの願いは、ある意味でかなえられた。

さらに離れた町で、ハルカラの偽物がいたらしいことがわかったのだ。

その町では、ハルカラという品行方正なエルフがやってきたという。小さな修道院の前でお祈りの帰りのおじさんから話を聞いた。

「ハルカラって品行方正だったたっけ？」

「お師匠様、そこで引っかかるのは失礼ですよ。わたしだって、旅先でならまともにやってます。会社の名前にも傷《きず》がつきますし」

それはそうか。社会人としてのハルカラは極めてまともなのだ。

「しかし、犯人の意図がわかりませんね。高原の家の皆さんの評判はよくなっていますが、犯人に何のメリットがあるのか……」

ライカは腑《ふ》に落ちないという顔で考え込んでいる。

「エノの時みたいに一般的にはメリットと思えることがなくても、犯人には意味があったりするから、こういうのを探るのは難しいね」

「それはそうですが、エノさんのような世間から承認されたいという気持ちをアズサ様・我・ハルカラさんの三人の偽物が共通して持っているということはなかなかない気がします」

「ライカさん、偽物が三人いるとは限りませんよ」

ハルカラが言った。

「ハルカラさん、どういうことでしょうか……？」

「最大で一人三役かもしれないんです」

これは衝撃的な仮説！

「とくにわたしとお師匠様《ししょうさま》は髪の色も似てますし、服を変えれば一人二役はできます。ライカさんの真似《まね》まですするのは難しいかもしれませんが、それもやれないことはないかと」

「なるほどな。モノマネ芸人のレパートリーみたいに一人で何役もやっているかもしれないのか……」

高原の家の家族の偽物集団が移動しているよりは真実みがある。

「それに、複数人の偽物が移動してるならお師匠様の偽物の横にライカさんや私の偽物もいるはずです。なのに、複数人を見たという証言が得られてません。一つの場所に一人しか出没してないんです」

「ハルカラの言うとおりだ……」

一人の偽物が姿を変えていると考えたほうが自然だ。

「これはほかの町を調べる時にも気をつけたほうがいいかもしれませんね。我たちの偽物はいなくても、ファルファちゃんやシャルシャちゃんの偽物がいたというようなこともありえます」

偽物捜索、ずいぶん話が大きくなってきたな。

そして、次の町で、私たちはまた新しい情報を手にすることになった。

広場で遊んでいる女の子からこんな話を聞いた。

「フラットルテっていうブルードラゴンの人なら来たことがあるよ。すごく真面目《まじめ》そうな顔で、お姫様を守る王国の女性近衛騎士《このえきし》みたいだったよ」

「偽物ですね」とライカが即答した。

フラットルテには悪いが、ちょっと笑ってしまった。

いくらなんでもキャラが違いすぎる。

「少しずつだけど、わかってきたぞ。偽物は見た目は真似するけど、性格はほったらかしなんだ」

フラットルテもいきなり知らない町で暴《あば》れ回ったりはしないだろうが、第一印象が近衛騎士ということはないはず。

「我はモノマネ芸人が修行の旅をしているのではないかと思っています。カツラを適宜《てきぎ》使えば四人全員の真似もできなくはないですし。我たちに迷惑をかけるべきではないと考えているから、態度も真面目なもので統一しているんです」

たしかにまともなモノマネ芸人なら、真似をする相手が不利益《ふりえき》を被るようなことにはならないよう、注意をすると思う。

真似をする相手が怒って、二度とするなと言ってきたりすれば、芸人も仕事がしづらくなってしまう。

「わたしもだいたいライカさんの意見に賛成なんですが、迷惑にならないようにしようとか考える人なら、事前に許可を取ろうとしたりしませんかね?」

「それは……ハルカラさんのおっしゃるとおりです……」

だが、私たちの仮説はまた次の町で修正を迫られることになった。

サンドラの偽物が現れたという話を聞いたのだ。

そのサンドラの偽物は小さい子供たちとかくれんぼをしたらしい。さすがに土に潜ったりはしなかったが（多分、能力的にできなかったのだろう）、マンドラゴラだと名乗っていたという。

「偽物は複数人で行動してるのかな……。いくらなんでも大人はサンドラの背丈にはなれない」

大人が子供の格好をすること自体はできても、かなり不気味《ぶきみ》だし、まして一緒に遊ぶ子供が違和感を覚えることなくかくれんぼをすることは無理だ。

サンドラの偽物はちゃんとお子様サイズだったことになる。

「我にはさっぱり、わかりません……。調べれば調べるほど、謎が増えていく気すらします」

ライカがお手上げのポーズをとった。

ライカだけではなく私たちの捜索自体もお手上げになった。

サンドラの偽物が目撃された町から先は誰の偽物も現れてないようなのだ。

偽物はそこで満足したのか、はたまた飽きてしまったのか、近辺での活動を終了させた。

違う土地でまた高原の家の家族になりきっているのかもしれないが、情報を仕入れる手段が私たちには存在しなかった。

せいぜいできることと言えば、ギルドに「偽物がいることがわかったので、もし発見したら捕まえてくれ」という依頼を出すことぐらいだった。

これで仮に偽物が事件を起こしても、本物が偽物を捕まえてくれと依頼を出していたことが証拠になって、私たちが疑われることはないだろう。

解決はしなかったがトラブルの発生に関しては未然に防げたので、これでよしとしよう。そういう落としどころになった。

だが、しばらくして有力すぎる情報が寄せられることになった。

しかもギルドの管轄外のところから。


いつものようにベルゼブブが高原の家にやってきた時のことだった。

「ファルファの偽物を見つけたので、そういうことはやめろと注意したのじゃ」

さらっと、どうでもいいことのようにベルゼブブが言った。順番も仕事の愚痴《ぐち》の次だった。

「えっ？　偽物？　どこにいたの？」

「魔族の土地じゃが。そういうのはアズサとかにしておけと言ってやったわ。ファルファ一人だと迷子になったのかと心配してしまうじゃろうが。まさにファルファの顔を知っている農務省の職員が出張先でファルファそっくりの者を見かけての。そやつが迷子かもと連絡してきて発覚したのじゃ」

私ならかまわないという前提には異を唱《とな》えたいが、犯人が見つかったことは確実なようだ。

あれ、でも、ベルゼブブに言ってたっけな？

「ベルゼブブ、私たち家族の偽物がやたらと出てて困ったって話、してたっけ？　人間がやってると思ってたから、魔族サイドには伝えてなかった気がするんだけど」

「そういえば、人間の居住域まで行って、そこでもうろついておったという話じゃったな。偽物が語っておったわ」

なら、同一人物と考えて、ほぼ間違いないな。

というか、魔族の土地で見つかったということは、魔族がやっていたのか？

エノの前例もあるし、最初に情報が寄せられたのも人間の土地だったので、少なくとも人間の土地に住んでる誰かの仕業だと思い込んでいた。そのせいでベルゼブブにも伝えていなかった。ベルゼブブに話すと、それこそ娘の偽物なんて許すまじという反応を示すおそれがあって、相談しづらかったというのもある。

「偽物いわく、城下町で高原の家の家族を見かけて、順々に真似をしていこうと思ったらしいのう。迷惑をかけたことは陳謝しておったから、もうやらかすはことはないじゃろ」

ベルゼブブのカップが空になったので、二杯目のお茶を淹《い》れた。

「ねえ、その偽物って、誰なの？」

頭の中に、犯人の正体が全然浮かんでこないのだ。

しかもファルファにも化けていたとなると、やはり変装上手《へんそうじょうず》という次元の話ではない。

「そりゃ、ドッペルゲンガーじゃ」

「ドッペルゲンガー？　本人が見たら死ぬという伝説のある、あれ？」

「なんじゃ、その迷信は。そんなことで死者が出るんじゃったら、ドッペルゲンガー周辺は死人だらけじゃ」

ベルゼブブは完全にあきれていた。

どうやら魔族にとっては、ドッペルゲンガーとは多数いる魔族の一つというほどの認識でしかないらしい。

「ドッペルゲンガーというのは、ほかの者そっくりに変身して生きておる魔族じゃな。見た目が毎回違いすぎて、本人確認が面倒臭《めんどうくさ》いので、役所の手続きの時にそいつらだけ、暗証番号が必要じゃったりする」

それ、地味《じみ》に面倒なやつだ。

だが、その話を聞いて、違和感があった。

「役所の手続きの時すら、誰かに変身してるの？　ドッペルゲンガー本体の姿で手続きすりゃいいじゃん」

人間のモノマネ芸人だって、役所に行く場合は誰かの格好をしたりはしない。

ベルゼブブはまたあきれた顔になった。

「ドッペルゲンガーには本体の姿などないぞ。常に誰かにそっくりの姿じゃ」

「本体の姿がない……。ある意味、ドッペルゲンガーらしい特徴ではあるな」

「ある意味も何もドッペルゲンガーそのものの特徴じゃ」

「ん？　でも、それだと矛盾《むじゅん》するところがあるよ。常に誰かにそっくりといっても、生まれたての赤ちゃんの時は無理じゃない？　まだ誰の姿も見てないわけだから」

なので、別人として振る舞うことはできないはず！

「生まれた時は、母親がイメージする赤ん坊の姿の影響を受けて、その見た目で生まれてくるのじゃ。それはいかにもな赤ん坊ではあるが、ドッペルゲンガー本体の姿ではない」

「母体の影響を受けるってことか。えっ、それって誰かにそっくりって言えるの……？　赤ちゃんが赤ちゃんの格好をしてるだけじゃ……」

本体とは何かという哲学的な問いに接近している気がする。

「そういう解釈をしたいなら、それでもよかろう。ただ、ドッペルゲンガーの赤ん坊は毎日のように見た目が違う赤ん坊に変化するものじゃ。じゃったら、どれが本体の見た目かなどわからんじゃろう。生まれた瞬間、目にした時の赤ん坊の見た目が本体というのは、そう定義したからにすぎぬ」

「ちょっと時間をちょうだい……。話が本当にややこしくなったので、シャルシャを呼んでくる」

私一人では手に負えないので、シャルシャを連れてきた。

シャルシャも腕組みして、頭を悩ませていた。

「何をオリジナルと考えるかということは、この場合、とても難しい……。生まれた時の見た目に二度と戻らないなら、それはオリジナルではないという言い方もできる」

「ううむ、シャルシャを悩ませては気の毒じゃ。シャルシャがそう思うなら、生まれた時がオリジナルじゃということでもよいぞ？」

甘やかし方がおかしい。定義を変更するな。

「赤子の姿はただでさえほかの赤子との区別も難しいもの。赤子の取り違え事件なども歴史の中で聞いたことがある。仮に生まれた瞬間の顔がオリジナルとしても、やはり儚《はかな》いオリジナルであることは揺るがない……」

シャルシャも混乱しているようだ。

ドッペルゲンガーの話が「オリジナルとは何か」論になってしまった。

そりゃ、そんな生物、普通は存在しないからな。

「まっ、わらわもドッペルゲンガーではないしのう。本人に聞いてみればよいのではないか？　本人のほうが建設的な話もできるじゃろ」

そういや、私たちに化けてたドッペルゲンガーがいたんだった。

しかし、一点、危惧《きぐ》すべきことがあった。

「それ、見たら死んだりしない？」

「そんなに不安なんじゃったら、まったくの別人の姿で来させてもよいが、それじゃとドッペルゲンガーだと証明できんじゃろ。どこかの町の地元のおばちゃんの姿で来られてもわからん」

たしかに細《こま》かすぎて伝わらないモノマネになるな。

一週間後、ついにドッペルゲンガーがベルゼブブと一緒にワイヴァーンに乗ってやってきた。

といっても、見た目はフラットルテだったが。

尻尾《しっぽ》もちゃんとついているし、服もフラットルテが持っているものと同じに見える。

私は出迎えのために外に出た。

「こんにちは、ドッペルゲンガーのターエンです」とフラットルテにしか見えないドッペルゲンガーが名乗った。

「うわあ、本当にフラットルテそのものの見た目だ。声も本人にしか聞こえない」

「それが仕事みたいなものですから。ですが、まだまだ修行中の身なので、拙《つたな》いところも多いです。皆さんを真似しようと思ったのは、人間の土地でどれだけ真似が通用するか試してみたいと思ったからでした。ご迷惑をおかけいたしました」

ドッペルゲンガーが頭を下げたので、こちらも頭を下げる。

「それは過ぎたことですし、解決したのでいいです。化けて犯罪に走るようなこともないなら、許容範囲ですから」

「そう言っていただけますと幸いです」

やたらと丁寧《ていねい》だ。丁寧な人ぐらい無数にいると思うが、それがフラットルテの姿なので、変な感じがする。

「じゃあ、立ち話もなんなので、中へどうぞ」

家へ案内する前にフラットルテ（本物）が外に出てきた。

「おお！　まさにフラットルテ様そのものなのだ！　よくできてるな～！」

ばんばんとフラットルテがドッペルゲンガーのほうの肩を叩《たた》いた。

なれなれしくないかと思ったが、無許可で真似をしてたのはドッペルゲンガーのほうだし、これ

ぐらいはお互《たが》い様かもしれない。

「ご本人にそう言ってもらるのはありがたいですね。やってきた甲斐《かい》があります」

それにしても腰が低いな。むしろ低すぎると言ってもいいかもしれない。

「こいつ、見た目はフラットルテ様そっくりだけど、性格はずいぶん違うな。慎重すぎる気がするのだ」

「そこはご本人の印象が悪くならないよう、細心の注意を払っていますので、それもあるかもしれません」

「だとしても、もうちょっと、はっちゃけてもいいだろ。たとえば、そのへんの丘で寝転がるとかな」

「服が汚れませんか?」

「汚れたら洗えばいいのだ」

本物も、もうちょっとだけ偽物の真似をしてもいいよ。


その日一日、私たちはフラットルテの姿のターエンとしゃべった。

とくにシャルシャが興味津々《きょうみしんしん》で、いろいろ質問していた。一方で、ライカは笑顔を取り繕っているようなところがあった。

「ねえ、ライカは苦手意識《にがていしき》があるの?」

私は小声でライカに言った。

ターエンはシャルシャになぜドッペルゲンガーを見ることが不吉とされるようになったかという話をしている最中なので聞こえていないだろう。ちなみに、双子を忌《い》む風習だとか、そっくりのものを怖いと感じる文化は多いみたいな答えを返していた。回答も真面目《まじめ》だった。

「いえ、ターエンさんは立派な方だと思うのですが、フラットルテの見た目なので、どうにもギャップを感じまして……」

「それはあるよね」

「できれば、フラットルテではなく別の方に変わっていただきたいなと。アズサ様だとか」

「私が横にいるのは変な感じがするから遠慮したいな。それだったら、ライカで」

「我も自分そっくりの存在を見るのは、ちょっと……」

ライカと私の反応を見て思った。

自分に似すぎた人間を見るのは避けたくなるものらしい。

自分を観察するというのは、どちらかといえば不愉快《ふゆかい》なことなのだ。

そういう意識がドッペルゲンガーを見ると死ぬという伝承を生み出したのだろう。

「フラットルテは自分そっくりの存在がいても平気そうだから、そこは強いな」

「単純に自分が偉いという気持ちが徹底してるからだと思います。自分そっくりの存在がいても、本物はここにいる自分だけなのだから、なんら問題ないという考えなのでしょう」

「それはいい線ついてる気がするな」

フラットルテは見た目ごときで困惑したりはしないのだ。

その時、なぜかライカが「うっ……」と表情をゆがませた。

「あれ、どうかした？」

「そっくりの存在がいても気にしないフラットルテの態度は武人としてふさわしいものではと……。我が武人の心構えでフラットルテに負けるのは苦しいものがあります……」

「さすがに特殊なケースすぎるでしょ！　ドッペルゲンガーって月に一回会うようなものではないんだし、そんな特例と出会った時の反応を参考にしなくても……」

「それはそうなんですが……自分の弱さを思い知ったようで……」

フラットルテのドッペルゲンガーがライカにダメージを与えてしまった。

やはり見た本人が不幸になるという話はデマなんだな。フラットルテのドッペルゲンガーで、ライカが不幸になっている。

そういや、ドッペルゲンガーの伝承って、見た目以外の部分はどう言われてたっけ？　伝承に性格についての要素ってあまりない気がする。

おそらく、ドッペルゲンガーを見たと思った本人はドッペルゲンガーの性格まで意識する余裕がなかったので伝承に入ってないのだと思う。

それはそれとして、ターエンも性格は似せてない。

「あの、ターエンさん、見た目を似せることにはこだわるけど、性格とかは似せようとしないんですね」

私は礼儀正しいフラットルテ（偽物）に尋ねた。

ドッペルゲンガーの本物に聞ける機会なんてめったにないからな。

「言動まで寄せると似せた方の品位を損なう恐れがありますし、疲れることも多いですから……。わざと荒らっぽく振る舞うというのはストレスです……」

「それは……そうかもね……」

ライカにフラットルテみたいに生きろと言ったら拒否されるだろう。できないものはできないのだ。

「あと、本物より丁寧な態度でいれば、苦情が来ることはありませんので安心なんです。どちらかというと、似せたせいで本人から苦情が来るほうがはるかに多いです。もっと自分はまともだと言われたりします」

ありのままの自分を受け入れられるかどうかは別問題ということだ。

それなら、最初から美化されたもののほうがうれしい。

「ドッペルゲンガーと出会えて、いろいろ学べたよ」

「そう言っていただけますと幸いです」

本物のフラットルテが言わなそうな口調でターエンが笑った。

と、ベルゼブブが小声で何かターエンに囁《ささや》いた。ぎりぎり私にも聞こえたが。

「たまにファルファやシャルシャの格好で来てくれぬか？　いいお菓子《かし》を用意するぞ」

「おい！　悪用するな！」

ターエンが心のきれいなまともなドッペルゲンガーでも、心の汚い大人が利用しようとする危険はあるので、気をつけようと思いました。

魔族の土地に行った際、少し時間があったので、ヴァンゼルド城下町を歩いた。

ライカとシャルシャが小さな博物館を見学すると言って離脱したので、私の横にはファルファだけが残った。

家族もすっかりヴァンゼルド城下町に慣《な》れてきている。みんな一人でも迷わず観光するぐらいのことはできるんじゃないか。

ファルファととくに当てもなく歩いていたが、散歩に明確な目的はいらない。目的の場所のない今の状態のほうが正しい散歩とすら言えるかもしれない。

のんびりと水路に沿《そ》って歩いていると、やがてブッスラー道場の裏手に来た。

「あっ、ここってブッスラーさんが教えてるところだよね！」

ファルファが反応を示したので、これは寄らなきゃね。

というわけで、私とファルファはブッスラー道場に入った。

中はそれなりにちゃんとしたジムみたいな空間で、魔族がサンドバッグを叩《たた》いたり、防具をつけた者同士で組み手をやったりしている。ブッスラーさんというと、お金儲《もう》けばかり考えてるイメージがあるが、ちゃんとした武道家でもあるのだ。

武道家としてやっていけないとお金も稼《かせ》げないので、ちゃんとした武道家を目指すこととお金のことばかり考えることは一応両立できる。

ブッスラーさんは道場の奥でコーチをしていた。生徒である魔族のキックを素手《すで》でばしばし受けていた。

「悪くないですよ。もっと足を上げて！　休まずにキックです！」

うん、しっかりと道場主をやっている。

利益《りえき》にばかり注目する性格のせいで忘れがちになるが、弱小と言っていいスライムの身で武道家にまでなったのだから、ブッスラーさんの人生にはなみなみならぬ苦労があったはずだ。いつのまにか最強になっていたという私とは、まさに苦労の次元が違う。

それでちっとも威張《いば》らないんだから、実はブッスラーさんは人間ができているのかも。

普通だったら、ついつい自分語りなんてしちゃいそうな経歴のはずだ。

「おや、アズサさんとファルファちゃんじゃないですか」

ブッスラーさんがこちらに目を向けた。

「こんにちは！　散歩してたらこの道場の前に来たんだよ！」

ファルファが元気よくあいさつする。親バカかもしれないが、どちらかといえば殺伐《さつばつ》としている道場にファルファの声は一服の清涼剤になるな。

「そういうこと。本当に寄っただけだから、お邪魔《じゃま》だったらおいとまするけど」

「ちょうど休憩時間も迫ってるので、大丈夫です！」

ブッスラーさんの言うとおり、しばらくすると、カンカンカンとボクシングのラウンド終了を告げるような金属音が響いた。これが休憩に入ることを表す音らしい。

その音とともに、どこからともなく四匹のスライムがやってきた。

「これは『月謝不要』だな」

ブッスラーさんのペット的存在のスライムだ。

本人は飼っているということを認めようとしないで、勝手に道場にいるという扱いにしているが、ブッスラーさんが遠方に行く時についていきていることもあるし、「月謝不要」側は完全になついている。高原の家のあたりに来てたこともあったしな。

「『月謝不要』、また道場の隅《すみ》にでも固まってたんですね。なんか暗いところが好きなんですよ」

ブッスラーさんが「月謝不要」を順番に撫《な》でた。やっぱりペットじゃん。

「お二人とも、こっちの部屋へどうぞ。飲み物ぐらいは出します」

私とファルファはブッスラーさんに案内されて、来客用の部屋に入った。

棚には武術大会関係のものとおぼしきトロフィーや盾《たて》が並んでいる。ブッスラーさん以外の名前も見かけるので、この道場から有望な武道家も輩出しているようだ。

ブッスラーさんがジュースをグラスに注《そそ》いでいる間も、「月謝不要」たち四匹は近くでその様子を観察している。

「スライムがこんなに誰《だれ》かになつくの、ファルファはほかに見たことないよ」

スライムの精霊から見ても異例なわけか。ブッスラーさんはスライム出身だし、「月謝不要」たちもそこに親近感や安心感を得ているのかも。

「なついているのかすら、いまだによくわからないですけどね。自分もスライムですけど、『月謝不要』たちが何を考えているか読み取れませんし」

「なついてることぐらいは、認めてもいいんじゃない？　ずっとブッスラーさんのそばにいるんだからさ」

私がそう言ったが、ブッスラーさんはノーコメントだった。ペットとして飼うと断言するのは恥《は》ずかしいようだ。


その時、「月謝不要」たち四匹に奇妙な変化があった。

四匹がやたらとぴょんぴょんその場でジャンプしだしたのだ。


沸騰したお湯みたいな反応だった。

スライムがジャンプすること自体は何も珍《めずら》しくないが、それにしてもやけに反応が激しい。床に戻ってきたと同時にまたすぐにジャンプするような感じだ。それを四匹が同時にやっている。

「なんだ、これ。興奮してるのかな？」

「私もわかりません。あまり見ない反応ですね。人見知りなんて性質もないはずですし」

四匹の「月謝不要」はひたすらジャンプを続け——

ある時、わずかにその向きを内側に寄せた。

それだと四匹同士でぶつかるのではと思ったが、まさにそれが目的だったのだ。

四匹が同時にぶつかった。

そして、跳ね返されるのではなく——


融合して一つのスライムになった！


「うわっ！　合体した！」

通常のスライムよりははるかに大きいスライムがそこにはいた。

「こんな変化ってあるものなんだ……。ファルファ、こういう現象、知ってる？」

ファルファは首を横に振った。

「ほぼ聞かないよ。自然界のスライムがどんどん合体してるなら、みんなどこかで目にしてるはずだけど、ママが驚いてるのが滅多にない証拠だよ」

「たしかに。頻繁《ひんぱん》に合体してるなら、大きいスライムをもっと見るはずだしな」

スライムのサイズにも個体差はあるけど、おおむね一定だ。

そんなことより、これは「月謝不要」とみなしてよいのだろうか。

スライムの自我《じが》がどうなってるかよくわからないが、別の人格になってブッスラーさんになつかなくなったりしたら悲劇だぞ。

ブッスラーさんはぽかんとしている。

四匹の猫を飼ってる人が、その猫が合体して大きくなって一匹になったのを目撃したら、まずは状況を受け入れるだけで精一杯だもんな。ブッスラーさんが呆然《ぼうぜん》とするのも当然だ。

と、巨大な「月謝不要」が小さくジャンプした。

「あっ、『ブッスラーさん、まずはこれまで住まわせてくれてありがとう』と言ってるよ！」

ファルファが「月謝不要」の言葉を翻訳した。

「えっ！　ファルファ、翻訳できるの⁉」

「普通のスライムだとできないけど、大きくなったからわかるようになったのかも」

大きいスライムなら考えが読み取れるということか。前例が少ないから細《こま》かいことはわからないが。

「そんなことを言ってるんですか。別に住んでるのを追い出してないだけですからね。お礼を言われるようなことはしてませんよ」

ブッスラーさんはやはり素直じゃないけど、それでも「月謝不要」に感謝されてうれしそうではある。

あと、この反応だと、ブッスラーさんは同じスライム出身の「月謝不要」の気持ちが巨大になった状態でもわからないようなので、スライムの精霊であるファルファだからその気持ちが読み取れたということらしい。

また、「月謝不要」が跳ねる。

「これまでのお礼にブッスラーさんに何かしてあげるって！」

スライムの恩返し！

「してあげると言われても、大きいだけでは何もできないんじゃないですか?」

ブッスラーさんが不思議そうに「月謝不要」を見下ろした。

大きいスライムというだけでは物を運ぶことも難しそうだが、ファルファが心を読めるようになったぐらいだし、もしかすると特殊な力が「月謝不要」に備わった可能性もある。

少し大きく「月謝不要」がジャンプした。

「『力がほしいか?』だって」

「すごいこと、提案してきたな!」

まさか四匹のスライムが合体するだけで、神様みたいなことを言ってくるとは……。

ブッスラーさんもこれには表情を硬《かた》くした。

力を得るというのは武道家にとって夢みたいなことだ。ただ、どんな力をくれるのかとか、交換条件が何なのかとか、わからないことだらけだが。

「ほしいことはほしいですけど、それで、どうやって力を与えてくれるんですか?」

ブッスラーさんは思いのほか、冷静に聞き返した。

「月謝不要」がその場でゆっくりと這《は》いながら一周した。

「『その方法は考えていなかった』だって」

「結局、できないんかい!」

スケールの大きなことを言うと思ったけど、そこ止まりかい!

「『肩叩き券の発行ぐらいならできるかもしれない』って言ってるよ」

できることのスケールダウンが激しい！

神様クラスの内容からそのへんの子供の内容になったぞ。

「ところで、どうやって肩を叩くんですか？」とブッスラーさんがまた質問する。私も方法が気になる。

「月謝不要」がゆっくり、ゆっくりその場を一周した。

どことなく、きまり悪そうな態度に見えるが、これはやはり――

「『考えてなかった』だって」

「まずはできることから言っていこうよ！」

ていうか、この「月謝不要」の言葉、ファルファがいるという偶然がなければ、なんか跳ねてるなということしかわからなかったはずだ。すでに奇跡に幸運が重なってるのだから、よしとするべきか。

合体までするのなら内容を伝える用意ぐらいしておいてほしくもあるが、実現できない願いを提案してくる時点で、「月謝不要」は行き当たりばったりなのだから、コミュニケーションの方法まで考えてはいないのは当然か。

「逆にこっちから聞きますけど、大きな『月謝不要』には何ができるんですか？」

ブッスラーさんのほうから「月謝不要」のポテンシャルを探ることにしたらしい。できない提案ばかりされても意味ないしね。

意外と魔法の一つでも使えたりするのだろうか。

「月謝不要」の体が左右にぐにゃぐにゃ動いた。

「『こうやって、ふよふよすること』だって」

「大きいスライムであるということ以外にできることはないんだな」

だからといって、しょうもないと思う必要はない。あくまでもスライムだからな。

ブッスラーさんも「月謝不要」の言葉に楽しそうに笑った。

それから、かがんで「月謝不要」を撫《な》でた。

「そしたら、散歩にでも付き合ってください。それならできますよね」

「『大丈夫。問題ない』って言ってる！」


ブッスラーさんと「月謝不要」の散歩に私とファルファもついていった。

私とファルファは元々散歩中だったから、散歩の続きと言ってもいい。

「月謝不要」は大きくなった体に慣れていないのか、一般のスライムと比べても動きがぎこちない。のそのそと体を引きずるようにしながら、ブッスラーさんについていく。

ブッスラーさんも「月謝不要」を待ちながらゆっくり歩く。「月謝不要」が遅い時はよく立ち止まって、来るのを待つ。散歩というよりは「月謝不要」を外に連れ出しているというほうがしっくりきた。

すれ違う通行人も「大きいスライムだ」と目を留めたり、声をかけてきたりした。魔族にとっても、このサイズのスライムは目立つようだ。

階段があるところではブッスラーさんが、「よいしょっと」と「月謝不要」を抱え上げて歩いた。

「持ってみると四匹分の重さだってわかりますね。なかなかずっしりしてます」

「ブッスラーさん、『月謝不要』に優しいね」

ブッスラーさんが「月謝不要」に向ける眼差《まなざ》しを見ていると、こちらの心も温かくなる。

「優しいつもりはないですよ。道場にいるのをそのままにしてるだけです。アズサさんだって家の中にいる小さなクモまで全力で探して追い出そうとはしないでしょ？」

「クモと比べるのは何かが違う気がするけどな……」

もう、いいかげんかわいいペットですって認めてほしいものだ。

「『散歩は楽しいか』って聞いてるよ」

またファルファが通訳をした。

「楽しいですよ。道場は生徒の熱気のせいで、空気がこもりますからね。外の空気を吸うとリラックスできるんです。『月謝不要』もそうじゃないですか？」

「『ブッスラーさんといると楽しい』って言ってるよ」

すごい。飼い主冥利《みょうり》に尽きる言葉じゃないか。

我《わ》が家のミミちゃんもそう思ってくれていたらいいな。

「そうですか。だったら、いてくれてかまいませんよ。お金もかからないので、道場の月謝は今までどおり不要でけっこうです」

ブッスラーさんがまた優しく笑った。

今のブッスラーさん、ものすごくいい人に見えるな。少なくとも、お金にやたら執着する様子なんて想像もできん。

もちろん、どっちかが真実でどっちかが偽なんてことはなくて、人間にはいろんな一面があるというだけの話だ。詐欺師ですら、ペットに愛情を注《そそ》ぐ人はいるだろう。

そして、どうせいろんな一面があるなら、心のなごむ一面を見ていたい。

「『当初の目的は果たせなかったが、散歩ができてよかった』って言ってるよ」

階段を上がりきったところで、ファルファが言った。

「当初の目的って何なんですか？」

「『これまでのお礼に、力を授けるとか、そういったことがしたかった』だって」

「仮にもらえたとしても、いりませんよ。私は武道家ですからね。それは自分でどうにかします」

おお！　武道家っぽい発言だ。

「セコい技も反則スレスレの技も自分で編み出すから意味があるんです」

「プライドがあるのかないのか、どっちなんだ？」

「反則スレスレの技は反則ではありませんから。抜け穴を探るのもまた武道です」

武道場に「抜け穴を探る」みたいな書が飾ってあるのを想像した。普通にまずいと思った。

「私としては『月謝不要』が合体するという様子を目にできただけでもよかったですよ」

そこに関してはブッスラーさんの本心に違いないはずだ。


小一時間の散歩を終えて、ブッスラーさんの道場に帰ってきた。目の前に宣伝を追加しまくって、胡散臭《うさんくさ》くなっている道場が見えてきた。看板が多いので、遠目にも目立つ。

思ったよりも時間がかかったのは「月謝不要」の動きが遅かったせいだ。単純に体重が四倍になって動き方がよくわからないのだろう。

ずっとブッスラーさんが抱えて歩けば、もっと早く戻れただろうけど、それはそれで「月謝不要」の散歩なのかという気もするし難しいところだ。前世でも、ずっと飼い主にだっこされたまま歩いてる犬とか、たまにいたな。

「『現体制になって初の散歩だったけど楽しめた』って言ってるよ」

「合体したことを現体制って表現するんだ……」

独特の感性っぽく感じるけど、自分も合体することがあれば、そんな表現を使うのかもしれない。

そこで、ふと疑問が生まれた。

「そういや、今の『月謝不要』の心の中ってどうなってるの？　元は四匹いたわけでしょ。考えも一つに統合されてるの？」

あくまでも四匹の心が残っていて、四匹を代表したメッセージを発しているのか？

それとも、現体制の「月謝不要」の新しい人格がメッセージを発しているのか？

ほとんど興味本位で聞いてしまったが、自分で口にしたあとにすごく重大なことに触れてしまったと気づいた。

元が「月謝不要」たちだったとしても、新しい人格になっているとしたら、ブッスラーさんにとったらそれは深刻な問題だ。受け入れるのにも時間が必要だろう。

考えたくもないことだけど、ファルファとシャルシャが合体して、別の人格になったと言われたら、平静ではいられない。

今の「月謝不要」が過去の記憶を継承していることは確実だが、だからといって気にならないということにはならない。

まずいことをさらっと聞いてしまった……。

いずれわかることではあるのだろうが、簡単に聞きすぎた。

ただ、後悔の時間は短時間で済んだ。

ぴょんと「月謝不要」が小さく跳ねた。

「『四匹で話し合って決めてる』だって」

よかった……。それなら、今までの「月謝不要」が消えたわけではないのだ。救いというものがちゃんとある。

ブッスラーさんは、はっきりとよかっただとか言わないが、きっと安堵《あんど》しただろう。

スライムという存在はペットとして見ても特殊だな。普通のペットはいつのまにか一匹増えてたり、合体したりはしない。

ファルファがいなければ、また「月謝不要」とブッスラーさんのコミュニケーションが取れなくなるかもだけど、床に「はい・いいえ」と書いたカーペットでも敷けば、最低限のやりとりはできるだろう。

「ブッスラーさん、そしたら私たちはこのへんで。新生『月謝不要』と楽しく過ごしてね」

ちょうど道場の前まで戻ってきたし、今日のところはここでお別れしよう。

「そうですね。ずいぶん大きくなりましたけど、この『月謝不要』とやっていきますよ。まっ、そのうち慣れるでしょう」

中身が同じなら、慣れるのも案外早いかもしれない。

だが、私とファルファが去る前に、もう一段階大きな変化が起きた。

ふるふるふるふると「月謝不要」が左右にふるえた。

巨大なゼリーが揺れているように見える。

「何？　さよならのあいさつ？」

「『そろそろ時間の限界なので、元に戻りそう』って言ってるよ」

「えっ？　元に戻る？」

次の瞬間には、大きな「月謝不要」は四匹の小さなスライムに戻っていた。

特別な音がすることもなく、前からずっとそうだったように、そこに「月謝不要」たちがいる。

長時間の合体は行えないということか……。

ファルファがその小さなスライムたちに耳を近づけた。

「今の『月謝不要』が何を言ってるか聞き取れなくなったよ」

ファルファもシャルシャも一般のスライムが何を考えてるかはわからないから、正しい反応だ。

そしたら、合体時には通常のスライムにはない力が付与されてたのか。あるいは気持ちを聞き取る時に一定の大きさが必要なのか。

「ほんとに、はた迷惑なスライムですねえ」

ブッスラーさんは苦笑しながら、ひょいひょいと「月謝不要」たちを抱き上げていった。落ちたパンでも拾ってるみたいなしぐさだったけれど、その手つきには愛があった。

「では、アズサさん、ファルファちゃん、さようなら。今日は面白《おもしろ》いものを見られて楽しかったです」

満足げなブッスラーさんに私とファルファも手を振った。

きっと、今日のことでブッスラーさんと「月謝不要」の仲は深まったと思う。


そのあと、家族と合流した私とファルファは早速《さっそく》、「月謝不要」の話をした。こんなにわかりやすくて、盛り上がるネタはないからな。

ただ、一人、想定外の反応をされた。

「シャルシャも合体するところを見たかった……。そんな事例は信憑性の高い記録ではほぼ皆無と言っていい。それを目にできた母さんと姉さんがうらやましい……」

シャルシャにとっては、自分が奇跡の瞬間に立ち会えなかったことのように思えたみたいだ。そんなに悔《くや》しがるというのは想定外だった。

「ほら、また『月謝不要』のところに行けば偶然見られることもあるかもしれないしさ！」

「その偶然がいつ起こるかまったくわからない。余計な同情はいらない。博物館に行ってしまったのは一生の不覚……」

「じゃあ、今からもう一度道場に行こう！　また合体するかもしれないし！」

ダメ元で道場に行ったけど、さすがに「月謝不要」は合体したりしなかった。四匹で跳ねたりしている程度だった。

「『月謝不要』、合体してほしい。よろしくお願いする」

シャルシャがしゃがみ込んで、そう頼んでも「月謝不要」たちは道場を動き回っているだけだった。

特別な瞬間を目撃するというのは難しいものだなと思いました。

ライカがいろんなパンを作った

She continued destroy slime for 300 years

ハルカラが人を雇《やと》ってナスクーテの町で「食べるスライム」を売っている関係で、売れ残りがだいたい我《わ》が家には置いてある。

言うまでもなく、「食べるスライム」とはスライムそのもののことではなくて、スライムの顔がついた饅頭《まんじゅう》のことである。

その時もライカがぱくぱく売れ残りの「食べるスライム」を食べていた。

お皿にけっこうな数が載っていたはずなのに、早くも山は消滅しそうだ。

ドラゴンの食欲は人間の視点からすれば無尽蔵《むじんぞう》と言っていいものなので、売れ残りが廃棄されることはまずない。ある意味、エコである。

ライカは右手で「食べるスライム」を一個取って口に入れ、今度はすぐに左手で持っていた一個を口に放り込む。

もはやお手玉感覚で口に入れている。

人間の口でそんなことをしたら、すぐにノドに詰まってしまいそうだが、そこはドラゴンのすごさなのか、問題なく食べてしまえるらしい。そりゃ、お皿に盛った「食べるスライム」もすぐに尽きるはずだ。

しばらく観察していたが、ライカがいつ咀嚼《そしゃく》しているのかよくわからない。もしやドラゴンの胃袋なら噛《か》む必要すらないのか？

三分ほどでお皿の「食べるスライム」は消滅した。

あまりにも食事が機能的に行われているので、なかば特訓の一つのようにも見える。食事というのは、おやつだろうと夜食だろうと、もうちょっと情緒というものがあるはずなんだけど、ドラゴンの食事にはそれがない。

「おいしくはあるんですが、いまいち足《た》りませんね」

ライカは涼しい顔で言った。

餡子《あんこ》ってカロリーが高いものだったはずだけど、全然そんな様子を感じさせない一言だった。

これが強者の余裕か。

ハルカラは台所のほうからその様子を見ていたが、こちらも私みたいにあぜんとした顔をしていた。

「ハルカラさん、用意していただける『食べるスライム』をもう少し増やしていただけるとうれしいのですが難しいでしょうか？　運ぶのが面倒なら、我がお店のほうに行って、そこで食べるというのでもけっこうです」

「それ、あくまでも売れ残りですからね。そんなにたくさん売れ残りができちゃったら、商売になりませんよ。たとえば天気が悪くて人の出も少なそうな日は、作る量も減らすように調整しますし」

ハルカラとしては売れ残りがないほうがうれしいわけで、たくさん売れ残りを用意しろという要望には応《こた》えられないよね。

「おっしゃるとおりですね……。ただ、我としてはもう少しがっつり食べたい時が多いのです。ほら、ことわざにも『すき腹に中途半端《ちゅうとはんぱ》に食べ物を入れると、かえって腹が減った気になる』とあるじゃないですか」

そんなことわざ、聞いたことないぞ。

「そんなことわざ、聞いたことないです」

ハルカラも同じ意見なので、おそらく、ドラゴンの中だけで通用することわざだ。

「本当に大食いだね。見ててもほれぼれするけど……ライカ本人は満足してないのか」

ライカは少し寂《さび》しそうだった。饅頭を食べまくったあとになる表情ではない。

つまり、消化不良ということだ。

胃ではしっかり消化しているはずなので、紛《まぎ》らわしい表現だが。物足りないという意味である。

「『食べるスライム』はあくまでもお菓子《かし》ではないですか。いわば軽食であり、おまけなのです。食事らしさが薄くて、なおさら食べたという気がしないんですね」

「言葉の意味はわかるけど、安易に共感はできないな」

量じゃなくて質の問題なのだと言いたいのだろうが、普通はこれだけの量なら自動的におなかいっぱいになる。お菓子だからどれだけ食べてもごはんと別腹ということにはならない。カロリーは間違いなく加算される。

「もっと食事らしさを加えることができれば感覚も変わると思うのですが……」

ライカは真剣に考えている。

はっきり言って真剣に考えることじゃないと思うが、ライカは何にでも真剣にやる。そこがライカのいいところである。

と、ライカは何かを思いついたのか、台所のほうに向かった。

通気のいいところに置いてある丸形の小さなパンを取ってきた。

ちょっとつまみ食いする程度ならかまわないが、それを一個食べたぐらいでは、おなかの足しにはならないのでは。

ライカはそのパンを半分にちぎって、中身を確認した。

当たり前かもしれないが、パンの中身は外側よりはふわふわで、すかすかしている。

「これです！　これならいけるかもしれません！」

何かをひらめいたんだなということだけはライカの威勢のいい声からわかった。

なお、もちろんちぎったパンもライカはむしゃむしゃ食べた。


翌日、ライカは朝からどこかに出かけていった。おそらく、昨日のひらめきと何か関係があるのだろう。

夕方にライカは意気揚々《いきようよう》と帰ってきた。それなりの成果があったようだ。

早速《さっそく》、テーブルに持って帰ってきたパンを並べだした。

「どうしたの？　パンでも買ってきたの？」

ライカはドラゴンになって空を飛べば遠方まで行けるので、離れた有名店のパンも入手できる。

「そうではありません。アズサ様、これが我の出した答えです！」

ライカがおおげさな口上《こうじょう》で、一つのパンを半分にちぎった。

そのパンの中には餡がぎっしり入っていた。

途端に、私は無性にノスタルジックな気持ちになった。


「あんパンだーっ！」


間違いない。これはあんパンだ。パンと餡という、違う文化出身の素材が変な出合い方をした食べ物……。

「パンのお店に行って、試作品作りを手伝ってもらいました。最初は『食べるスライム』ごとパンに入れて試したのですが、そのあと改良を重ねて餡だけを入れる形式に落ち着きました」

そう言うと、ライカは半分にちぎったパンを口に入れた。

「食べるスライム」を口に入れた時より、ちゃんと噛んでいる気がする。パンなら噛むしかないか。

もしかして、そこが食事らしさにつながっているのかも。

「餡とパンが融合することで、軽食から食事の側に寄ったと思います。これなら食べている実感が

持てます。お菓子ではなく、食事になったわけです」

ものすごい食いしん坊の論理みたいだなと思ったが、まさにものすごい食いしん坊の論理だった。

それにしても、あんパンをこの家で見ることになるとは……。

言うまでもなく、今の世界は前世と比べると食べ物の種類が少ない。前世以来食べてない料理も多い。

食材を集めてきて、前世にあった料理を作ることは可能だし、饅頭そのものである「食べるスライム」もその一つなのだが、私は前世の料理を再現するということをあまりやっていない。

たとえば、天ぷら蕎麦《そば》も、麻婆《マーボー》豆腐も、チョコレートパフェも作ってない。

そんなに興味がないというのもあるが、前世の料理を作りすぎるとこの世界の文化を破壊するおそれがある——それは言い過ぎかもしれないが、文化に影響を与えすぎるおそれがあることは事実だ。

私が前世の記憶を持っているというのはメガーメガ神様が与えてくれた特例なのだ。

その特例の濫用《らんよう》はよろしくない。

移住者は移住者らしく、少しは謙虚にやるべきだ。

もっとも、この世界のどこかですでに天ぷら蕎麦や麻婆豆腐がごく普通に食べられている可能性はある。私が見かけたことがないものは、ひとまず存在してないものと仮定して話を進める。

なので、娘たちを喜ばせたいという気持ちから「食べるスライム」を作るところまではやったが、餡を使ったいろんな料理の普及につとめるみたいなことはしなかった。

栄養価の高い食べ物を広めるぞというような高潔《こうけつ》な目的があるならいいのかもと思うが、私の場合、そういうのとも違ったし、少なくとも全国に饅頭を普及させるみたいな気持ちは一切《いっさい》なかった。

一方で、別に私が押しつけるのでもなく、勝手に料理が開発されるなら、それは自然のことわりだろうと思っていた。思っていたのだが……まさかライカがあんパンを発明するとはね……。

いや、まだライカの「発明」とは限らないのか。

「ところで、ライカはどこかの土地で、こういう餡が入ったパンを見たりしたの？」

ライカはレッドドラゴンらしく広範囲を移動してるし、近い料理を見かけてもおかしくはない。

餡自体はすでに存在しちゃっており魔族の土地で売られたりしているわけで、それがさらに普及して、あんパンが生まれている可能性もある。

「いえ、食事の主役であるパンの中に餡が入っていてもいいのではと考えつきました。もちろん、似《に》たものは世界のどこかにあるかもしれませんが」

「そっか……。なかなかいい思いつきだね」

私の責任と言えば責任だよな。餡を日常的に食べる環境を私が作ってしまったせいである。

今更だけど、前世にあった食べ物をあまり導入しすぎないようにしよう。

たとえば、いきなり小麦粉でうどんを作って食べるみたいなのは控えたい。

「アズサ様もどうぞ」

あんパンを渡されたので、私はありがたく受け取った。

たしかにあんパンだ。ただ、日本で食べてきたあんパンとは食感がかなり違う。

理由はパンの硬《かた》さだ。日本のパンは全体的にソフトな食感のものが多かった。

「どうですか、アズサ様？」

「やっぱ、なつかしさがあるな」

パンはハードタイプでもやはり餡とパンはなじむ。

あんパンを子供の頃に食べなかった日本人っておそらく存在しないからな。日本以外の国では売ってるイメージ、あんまりないが。

「なつかしさ、ですか。アズサ様は餡に慣《な》れてらっしゃいますものね」

しまった。このセリフはちょっと不自然だったたか。

「ほら、餡が入ってると、なぜかほっとする感じがあるんだよ。そういうこと」

「なるほど。『食べるスライム』もお菓子でしたし、優しさがあるのかもしれませんね」

ライカは勝手に納得してくれた。よかった、よかった。

「これまではパンに味をつけるというと、バターのように上から塗るという発想でしたが、中に何か入れてみるというのもいいなと考えています」

おそらく、この土地のパンは硬めだったので、必然的に何かを塗るという方向性にいったのだろう。バケットみたいなパンの中を空洞にして何か入れようとは思わないからな。

「そうだね。いろいろ試してみたらいいんじゃない？」

私がうかつに口出しして、ライカの発想を壊すといけないので、ここは遠くから見守ることにしよう。

数日後、またライカは新しいパンを持ってきた。

「アズサ様、召し上がってみてください」

ライカに差し出されたものを、私は臆《おく》せずぱくっとかじりつく。ライカが関《かか》わっているのなら変なものが入ってるということもない。

「あっ、これはイチゴジャムか」

ジャムの味が口に広がった。

「はい。餡がいけるなら、次はジャムでどうだろうと。個人的には悪くないかなと思っています」

これはまさしくジャムパンだ。

ライカ、今度はジャムパンを「発明」したのか。
※この世界にジャムパンはすでにあるかもしれないが、著作権とかはないので、「発明」と呼ぶことにする。

パンもジャムも意外性のある組み合わせではないから生まれてもおかしくないが、あんパン以降、新しい食べ物を作る流れが来ている気はするな。

この調子だと、今後もどんどんエスカレートしていくのではなかろうか。

なお、今回はフラットルテも試食係をやっている。フラットルテもあんパンを食べて、協力することになったのだろう。

「味は悪くないのだ。ただ、ジャムの水分が多い気がするな。もっと水分の少ない、どっちかというと固体に近いジャムのほうがパンに入れるには向いてるんじゃないか？」

「口だけならなんとでも言えますよ」

ライカは少々むっとした。試作品とはいえ、誰《だれ》だってダメ出しは楽しくないものだ。

「……ですが、その意見は参考にさせていただきます」

ライカはフラットルテの言葉をメモしだした。そこはちゃんと採用するんだ。感情論で意見を無視したりしない点はよい。

けっこう本格的な商品開発をやっている。

「それと、パンの中に何か入れるなら、もう少しパンはやわらかいほうがいいな。簡単に噛みちぎれないとストレスになるし、中身がこぼれることにつながるぞ」

「フラットルテは本当に文句《もんく》が多いですね。しかし、傾聴《けいちょう》できる部分もあります。記録しておきましょう」

やはり腹は立つけど、意見は残すんだな。

この二人、思った以上に商品開発に相性がいいかも。


その後、あんパンとジャムパンはパン生地《きじ》をできるだけやわらかくするなどの改良を重ねて、ナスクーテの町で販売が開始された。

まだ売り出されたばかりだが、じわじわとお客さんの認知度も広がっていっているようだ。

前世で見ていた食べ物は、ちょっとしたきっかけでこっちの世界でも生まれるものなのだ。

これはいずれ、クリームパンだとか、ほかの菓子パンも生まれそうだな。

あの手のパンは、パンの中に何かを入れるという発想ができた時点で、いくらでも作っていける。

それこそジャムパンだって、イチゴジャムである必然性は何もないわけで、リンゴジャムでも、ブルーベリージャムでも、マーマレードジャムでもよいわけだ。

個人的にはマーマレードジャムならパンに塗りたいし、リンゴジャムを入れるならアップルパイのほうがよくないかと思うが、ジャムを入れたパンを作れないというわけではない。

きっとライカは試行錯誤しつつ、ほかの味も試していることだろう。

いろんな味のジャムパンなら、私も試食してみたいところだ。

結論を先に述べると、私が予想した方向には進まなかった。

◇

テーブルにはいくつもパンが並んでいる。大半は縦に切れ目の入った硬いタイプの細長いパンだ。

そんなパンを前にして、ライカとフラットルテが難しい顔をして、立っている。

なんだ、この空気……。暗くはないけど、やけに重々《おもおも》しい。今から試合でもはじまるような緊張感がある。

ガチの商品開発部みたいな様相である。

たしかにライカのことだからパンに対しても真剣に取り組むだろうと思っていたが、それでもおいしい菓子パンをどうするかというところで話は終わる予定だった。

けど、どうもそうじゃない。パンも形状からして菓子パン用のものじゃないし。

「では、やっていきましょう。使うのは評判のいい精肉店のソーセージです」

ライカがソーセージをパンにはさんでいく。


これは間違いなくホットドッグだ！


少し前にあんパンができたと思ったら、もうホットドッグができている……。

惣菜《そうざい》パンの発明がやたらと早くなってないか？

これ、全部が商品化されて売り出されると、世界に影響を与えるかもな。でも、ライカの思いつきだから、別にいいのか？

フラットルテはライカがソーセージを入れていったパン（つまりホットドッグ）を一口かじる。それで、また隣のパンを一口かじる。それを繰り返してから、何かメモみたいなものを記入しだした。

「やわらかすぎるのもダメだが、硬すぎても、しっくりこないな。ソーセージの邪魔《じゃま》になるのだ」

「ソーセージとの相性があるようですね。マスタードの相性はどうですか？」

「あったほうがいいな。ないものは食べごたえが落ちる。それと、彩《いろど》りが足《た》りないな。野菜でもはさむか？」

「では、レタスを試してみましょう」

「それと、このどこの土地のものかわからないけど、赤くて辛《から》いソースだな。これが組み合わさると、より美味《うま》そうなのだ」

「なら、それも足しましょう」

最短でホットドッグが完成しそうになっている！

ライカとフラットルテがコンビを組むと、こんなに食が進化するのか。

やはりドラゴンの食に対する探求心はガチだ。

「この中だと、七番のパンがソーセージと最も合うな。パンとソーセージの一体感が強い」

「わかります。七番を採用しましょう」

「だが、一体感が美味さにつながるとすると、ソーセージ側が安物になったり高級品になったりすれば、また最適なパンも変わってくるのだ。美味さは質の足し算ではなく、組み合わせによるものだと覚えておいたほうがいいぞ」

「それは大事な提言ですね。高級品を使ったのだから、よりおいしくなるという意識は抱きがちですから」

「安物のソーセージには安物のパンのほうがフィットすることもあるからな」

もう、商品開発部ってプレートを壁に貼《は》りたくなってきた。

それと、ライカとフラットルテも、食べ物に関してだとものすごく息が合うんだな。相棒という言葉がしっくりくる。

ホットドッグがこの世界に誕生した。

食べ物というのは、こんなふうに食いしん坊が作っていくものなのかも。食に無関心だったら、新しい料理を作ろうという気持ちにもならないだろうしな。

「ここにタマネギのみじん切りを入れても合うんじゃないか?」

「あまり載せすぎるとこぼれてしまいますが、少量ならよいかもしれませんね」

もう、ホットドッグについて知ってるだろ。

そう言いたくなるぐらいにまっすぐ正解に突き進んでいる。

「よし、ソーセージパンはひとまず完成としましょう。パンとソーセージを別々に食べるより、はるかに食事らしくなります」

「フラットルテ様も同意するのだ。切ったパンにソーセージをはさんだだけとは思えない据わりのよさがあるのだ」

よく知らないが、この世界にもホットドッグのイデアみたいなものがあるのではないか。そのイデアを二人は知らないうちに覗《のぞ》いてしまったのではないか。

二人が得ている達成感はいい料理ができたというより、宝を発掘した時の感情に近いように思う。

前世で最初にソーセージとパンを合わせた人も、これは据わりがいいと感じたのではないか。

今度、この世界のホットドッグをメガーメガ神様にでもお供えしよう。喜んで食べてくれるはずだ。

「お疲れ様。料理が一つできちゃったね。横で見てるだけだったけど、面白《おもしろ》かったよ」

私は軽く拍手《はくしゅ》して二人をねぎらった。

食べることに関して、一切の妥協をしないドラゴンの貪欲さを見た。

その熱量は純粋に素晴《すば》らしい。どうせなら、ひたむきになれるものが多いほうがいい。

「いやあ、アズサ様に褒《ほ》められると、途端に照れくさくなりますね。我が好きでやったことでしかありませんので」

「ソーセージだけだと、間食としては弱い。そこを改善するためのプロジェクトなのだ」

二人はやりきった顔をしている。たくさん食べて、すくすく育ってね。さすがにもう育ち盛りではないか。

「じゃあ、今日の夕飯はホットドッ——そのソーセージをはさんだパンにしよっか。今のうちに人数分、作っちゃえる？」

ホットドッグなら娘たちも楽しく食べられるだろう。ホットドッグが嫌いな子供って想像しづらいし。

だが、ライカが少し申し訳なさそうな顔をした。

「アズサ様、実はまだいろいろ試作を続ける予定でして……。もう少しあとでもよろしいですか？」

「あっ、まだまだ食べてみるんだね。いくらでもやったらいいよ」

横で見ていると胃もたれしてきそうなので、洗濯物でも取り込みにいこう。

洗濯物の取り込み中、土から出てきたサンドラは家のほうを見ながらあきれていた。サンドラもドラゴン二人が何かやってることは知っているようだ。

「動物はよくあれだけ食べることに熱心になれるわね」

「サンドラとしては理解しがたいよね」

「けど、何か食べないとやっていけないって、本来は不利な属性のはずなのに、とくにあのドラゴンたちはそれをとことん楽しんでやろうと思ってるわ。そこらへんが徹底してポジティブなのよね」

植物視点の言葉に、いろいろとうなずかされるものがあった。

言われてみれば、たくさん食べないといけないというのはデメリットでもあるのだ。いわば燃費が悪い。ドラゴンが大食いなのは性格というより、性質だ。

ドラゴンはカロリー消費も多いから、少食だとやっていけない。もしかしたら、食べるのは面倒だけど生きていくために食べざるをえないと考えているドラゴンもいる可能性はある。

そんななか、我が家のドラゴン二人は食べることを娯楽にしている。

だから、食べるのが面倒だなんて考えたことはきっとない。

食事に飽くなき探求心を抱くことは、ライカとフラットルテなりの知恵なんじゃないか。

食事を楽しむことによって、本来は生きるための作業でしかなかった行為が文化に変化した。

「動物代表で言うけど、食べるっていうのは基本的には楽しいものなんだよ。飢えてヤバいって時とかは、植物のほうがよかったって思うかもだけど」

「ふうん。まっ、これぱっかりはどれだけ話を聞いてもよくわからないし、どうしようもないわね」

サンドラは首をかしげてみせた。わかると言うのもおかしいし、誠実な反応だ。

洗濯物も回収したので戻るとするか。ホットドッグの亜種みたいなのでも作ってるのかな。


私の前に差し出されたのは、あまりに衝撃的な一つのパンだった。

「こちらから麺《めん》をソースで炒《いた》めたもの、クロケットという主にイモをつぶして衣をつけてフライしたもの、最後につぶしたゆで卵をドレッシングと混ぜたものです。それを一つのパンにはさみました」

ライカから説明を受けた。もっとも、説明がなくても一目見ればそれが何かすぐわかるが。

クロケット（つまりコロッケ）や、麺をソースで炒めたもの（どう見ても、焼きそば）が、この地域ではそんなに目にしない食べ物だから一応話したということだろう。

「一つのパンに一種類ずつ入れるぐらいなら、いっそ一つのパンに三種類入れたほうがいいんじゃないかと思って作ったのだ。これなら食が細い人間でもいろんな味が楽しめるのだ」

フラットルテが言うには、ドラゴンなりの気づかいで生まれた食べ物ということだ。

もはや試食しなくても味がわかるんだよな。

焼きそばパンとコロッケパンといわゆる卵マヨネーズのパン（正式名称不明だがスーパーでもコンビニでもよく見るようなやつ）を一つのパンにぶち込んだだけだからだ。

中学生が昼休みに食べるためだけに作られたようなパンである。

少なくとも、夕飯前に食べるパンではない。

「さあ、食べてみてください！」

こんなの食べたら、夕飯が入らなくなると思いつつ、やけくそでかじった。

うん、焼きそばパンの味、続いて、コロッケパンの部分、マヨネーズはまだこの世界には普及してないはずだけど味はだいたい卵マヨネーズのパンだ。

「なんだろう、これも異様になつかしい！」

「想定外の感想ですが、好感触なようでよかったです！　パンに入れると合いそうな各地の料理を選んだ結果、こういうものができました。もちろん、一つのパンに一つの料理を入れたものも考えています」

この世界には焼きそばパンのイデアもコロッケパンのイデアもあるのか？

ドラゴンの価値観は運動部の中学生や高校生に近いものがあるなということを実感した。

その日の夕飯にはホットドッグだけでなく、焼きそばパンもコロッケパンもテーブルに並びましたが、家族にもおおむね好評だったようでなによりです。

デスゲームに招待された

She continued destroy slime for 300 years

目が覚めたら、高原の家とはかけ離れたところにいた。

床も壁も天井《てんじょう》も大半が黒一色の不気味《ぶきみ》な場所なのだ。

しかもおなかに「5」というゼッケンらしきものがひっついている。どうやら背中にもその数字がついているらしい。ほかのメンバーの背中も数字が書いてあるから、間違ってないと思う。

「姐《ねえ》さん、これはどういうことなんでしょうか！　いつのまにか、わけのわからない場所にいました！」

宙に浮いていたロザリーがこっちにやってきた。「59」のゼッケンがついている。

「まったくの謎《なぞ》だよ。それにしても私もロザリーもわからないうちに違うところに移動させることができる存在って何者なんだ？」

何者なんだと言ってみたが、範囲はかなりしぼられている。

神の誰《だれ》かではないか。

私だけなら寝ているうちに運ぶことも可能だ。

だが、幽霊のロザリーを運ぶには物理的にどうこうするだけでは無理である。

この二人を運べるのって、神ぐらいじゃないかと思うのだ。

ちなみに、私たちのほかにも、この空間には何人も集められていた。

パッと目についたのは、ムーとナーナ・ナーナさんの二人だ。それぞれ「211」と「853」のゼッケンがついている。

よくわからないが、無茶苦茶《むちゃくちゃ》参加人数が多い大会が開かれるのか？　エントリーしているのが最低でも853人いることになる。私もロザリーもエントリーした記憶なんてないけど。

「あっ、アズサさん、これはどういうことなんですかね～～？」

声がしたほうを振り向くと、ポンデリがいた。ポンデリについてるゼッケンは「89」だ。

「魔族の土地にいたポンデリも連れてこられてるのか。いよいよ範囲が広いな……」

「ボクの近くにはゼッケンのついたぬいぐるみがやたらあったりして、何が起きているんだろうって……。知ってる顔のアズサさんを見て少しほっとしましたが、夢の世界に閉じ込められたみたいで気味が悪いです……」

気味が悪いという点では私も同意だ。


その時、スポットライトが何もない空間に当たった――と思うと、そこに毛玉のような存在が立っていた。


「あっ、死神のオストアンデだ！」

あまり威厳はない姿だが、正真正銘《しょうしんしょうめい》のこの世界の死神である。

毛玉の中から本体の顔が出てきた。

何度見ても、特殊な生態だ。毛の部分を切ったほうがさっぱりすると思うが、性格上、隠れられる場所が近くにほしいのだろう。それに神という人知を超えた存在が合理的な生態をしている必要もないのかもしれない。

私の知ってる神は人知を超えているというより、過度に世俗的なケースが多いが、それはそれとして。

「参加者の皆さん……おめでとうございます。皆さんは……ええと、栄《は》えあるゲームに……選ばれました」

オストアンデが詰まりながら説明をはじめた。

司会みたいな役割だからなのか、口調もいつもより丁寧《ていねい》だ。

死神が出てきたので、神が一枚嚙《か》んでいたというので大正解だった。

「ここに集められた皆さんはすでに死んでいたり、アンデッドだったり……不老不死《ふろうふし》だったりする……ええと、いわゆる死なない存在です。そんな皆さんにゲームをやっていただきます。名前は死なない参加者ばかりで行うので――ノット・デス・ゲームです」


どんなゲームだよ！

そういえば、閉鎖的な環境に人を集めて、そこで死人が出るようなゲームをさせるってジャンルの漫画があったような気がするな。そういうジャンルをデス・ゲームと呼んだ気がする。もっとも、この場合ノット・デス・ゲームと言ってるぐらいだし、死人は出ない気がするが。ていうか、出たら困る。

「何がノット・デス・ゲームや！　ふざけんなや！」

そこに目立つ関西弁が聞こえてきた。

ムーがずんずんと前に出てきた。

「なんで勝手に変な場所に連れられてきて、そこで謎のゲームをさせられなあかんねん！　帰らせてもらうで！」

あっ、この展開は……なんか見たことあるぞ。

ゲームから辞退しようとする参加者は消されるのだ。

その理由はわかる。辞退が可能だったらゲームが成立しないからだ。「今から命懸けのゲームをしてもらいます」と言われても、普通はやらない。

なので、デス・ゲームでは逃げられない環境という前提が必要になる。

逃げられない環境を証明するために、最初に逃げようとする参加者が死んだりする。

しかし、となるとムーは危ないのでは……？

いくらすでに死んでいるとはいえ、死神が用意したゲームだし、あまり身勝手な行動をとるとりスクがあるかもしれない……。

ムーが誰もいない方向に肩を怒らせて歩いていく。

やがて、ムーの姿が前触れなくぱっと消えてしまった！

会場から「消された！」『辞退は不可能なのか！」といった声がする。

なんて恐ろしい場所に連れてこられてしまったんだ……。

「辞退しようとしましたね。辞退したい人は……元の世界に帰れます。主催者として保証します。今の方が第一の帰宅者です」


帰れるんかい！


ムーが消えて、残されたナーナ・ナーナさんが前に出てきた。

「案外、何の強制力もないんですね」

「連れてくることまではよくても……そこで強制参加させるようなことはできませんので……。そこまでやると、ほかの神にとても怒られます……」

さすが、ノット・デス・ゲーム。平和だ。

「あと、私の数字は『853』なんですけど、ここってそんなに人がいますか？　見た目がぬいぐるみみたいなのもいるので数がわかりづらいですけど、どれだけ多く見積もっても百人はいないでしょう」

それは私も気になっていた。

別室みたいなところにまだまだ参加者が連れてこられているのだろうか？

「その数字は……素数です。人数とは……関係ありません」

なんで素数を書こうと思った⁉

「ゼッケンが二桁《けた》までだと、あまり集まってない空気になるので……三桁の数字が入ってると……なんとなく盛り上がるかな～と」

ノリだけで決めたらしい。素数順に数字を振っているかすら定かではないので、何人いるのかよくわからないな。

「ほかに……何か質問ある方はいませんか……？」

質問はしていいらしいので、割と参加者に優しい。

ぬいぐるみが「あなたは誰ですか？」と聞いた。仕組みは不明だが、ちゃんと音声が出ていた。

多分、悪霊が入ってるぬいぐるみだろう。魔族の土地に送られたやつだ。

「小生は死神のオストアンデ……。今回は訳あって、このようなゲームをすることになりました。よろしくお願いします。強制はできませんが……」

ものすごい告白だと思うのだが、会場の反応は薄い。

大半が死者だからだと思われる。

今度は、ほかのぬいぐるみが「優勝したり、好成績だと何かもらえるの？」と質問した。

たしかにゲームなら勝ち進めば何か褒賞《ほうしょう》はほしいところだ。

「ええと……神が褒《ほ》めたり感謝したりします」

あっ、これはとくに何ももらえないやつだ。

これは離脱者が一斉に出るかと思ったが、主催者の腰が低いせいか、あるいは無害ならやるだけやるかと考える参加者が多いためか、帰る参加者はそんなに多くなかった。

個人的には幽霊の参加者が多いから怖いはずなのだが、状況が特殊すぎるせいか、私も割と平気だった。よくよく考えると、幽霊は怖くてアンデッドや死神が怖くないというのも理屈が通らないし。


「では……最初のゲームです。床塗り替えゲーム」


あまり張りのない声でオストアンデが言った。

司会に向いてないので、司会進行役は別の誰かを用意したほうがよかったと思うが、オストアンデは友達が少なそうな神なので、おそらく誰もいなかったのだろう。

だが、これだけだとルールがわからない。こういうゲームって、チェスだとかすでに存在する有名どころをやるんじゃないはずだからね。

すると、会場にいくつもモップが現れた。

「制限時間内に、会場の黒い汚れの部分を掃除して……その下の色を出した面積が多い人が……高得点を得ます」

ということは、このやたらと黒い建物、最初から黒いんじゃなくて、煤《すす》か何かで汚れてるのか。

地味《じみ》に嫌だな。こういうゲームの場所はせめて清潔感《せいけつかん》はあってほしい……。

また質問の手が上がった。

「すみません、上位何人が勝ち残りだとか、そういうのはあるのでしょうか？」

よく見ると、ホルトトマさんだ。狐耳《きつね》があるのでわかる。彼女もアンデッドだから呼ばれたんだな。

「……勝ち残りの人数。…………53人です」

オストアンデ、やけに間があったな。

こういうのって最初のゲームでもっとがっつり数を減らすのかと思ったが、そんなこともないらしい。そんなに残れるなら、私でも次のゲームに進めそうだ。

いよいよ開始かと思ったが、今度は半透明で浮かんでいる、いかにもな幽霊が手を挙《あ》げた。

「自分は、モップを動かしてこすれるほどの力は持ってないんですけど、すでに失格ですか？」

ああ、ものを自在に動かすことって、幽霊なら誰でもできるってわけじゃないんだ。

この場合、どうなるんだろう？

おそらく漫画とかのデス・ゲームなら、参加できない存在が連れてこられることはないと思うので、こんな質問も出ないはずだ。

「最後まで諦《あきら》めずに……戦いましょう。通過者が発表になるまでは、まだ可能性はあります」

やけに主催者がポジティブ！

いや、塗り替え面積が皆無な参加者は、さすがに勝ち残れないと思うけど……。

「負けて困るものもないし、それでいいです」

幽霊も納得したようなので、問題はないらしい。

「姐さん、たいていの幽霊は暇《ひま》ですからね。諦めて帰ったりせずに、ゲームの様子でも見物するんだと思います」

「たしかに離脱するメリットも別にないもんね」

「ムーも今頃《いまごろ》、いるだけいればよかったかもと後悔してるかもしれません」

「それは、ありそう」

気が短い性格は損をすることが多いので、気をつけようと思う。

そしたら床塗り替えゲームとやらをやるか。

「では、スタートです」

毛玉からオストアンデの手が出て、ぱちんと両手を鳴らした。

これがスタートの合図らしい。

はっきり言って、地味すぎる！　空砲だとか、銅鑼《どら》を鳴らしたりだとかないのか。

モップで床をごしごしこすると、たしかに黒の部分が薄れてきた。だんだん足下が白くなってくる。

「姐さん、アタシも残れるようにやります！」

ロザリーもモップを器用に操《あやつ》って、床をこすっていく。

「おお～。昔よりも操作が上手《じょうず》になってる気がする」

「アタシも成長したってことです！　どうせなら勝ちたいですからね。ゲームである以上、真剣にやるぜ！」

いい心がけだ。ゲームをやるなら本気でやらないと、それこそゲームにならないもんね。私も力を入れて、床をこする。だんだん白い色が見えてくる。

けど、これって面積はどうやって計測するんだ？　調査員みたいなものがいるようでもないし。

と、オストアンデがてくてくと動き出した。

何かやるのか？

オストアンデは柱の前に移動した。

「柱と壁も……白くできるから……ぜひよろしく」

そういうルールに書いてない裏技的な要素って、参加者側が発見するのが醍醐味《だいごみ》なのではと思うが、先に主催者側が言ってしまったな……。

ひとまずは床を優先して掃除していけば、いっか。

ポンデリもモップに力を入れて、走り抜けるように動いていた。ゲームだと、どんなものでも気合いが入るんだろうか。

一方でナーナ・ナーナさんはマイペースでやっている。ムーが出ていってしまったし、負けたら負けたでいいやということだろう。

ホルトトマさんは同じようなところをやたらとこすっている。とことん白くしないと納得できないらしい。このあたり徹底しないと気が済まないところは、ライカに近いものがある。

モップがけ一つでも、人によって性格が出るものだ。

私はなかなか広範囲を白くできた気がする。おそらく勝ち残りの中には入れるだろう。ただ、制限時間がわからないので安心はできないが。

「参加者の皆さん、壁のほうも……黒いところが残ってるから……拭いてほしい」

主催者がか細い声で要求している。主催者の役割としてはおかしい気がするが、こういうゲームで主催者の権限は絶対だと思うので従うしかない。

「あと、天井も白くできるんで……モップを浮かせることができる幽霊の方はよろしく」

やたらと指示してくるな！


結局、どの面も白くなったところで、主催者が「終了」と告げた。

主催者は声が小さいので、各所に言って回っていた。ものすごく効率が悪いけど、それでいいのか。

ようやく全員の手が止まったところで、主催者が結果発表に入った。

「皆さん、ご苦労様でした……。勝ち残りは53人なので……」

さあ、どれぐらい脱落者が出るのか。

人数を確認してないからよくわからないが、ほぼ残るんじゃなかろうか。

それでも、私も固唾《かたず》を飲む。

どうなった？　次に進めるのか？


「この場にいる53人全員勝ち残りです」

「最初から全員残れるじゃん！」

さっきまでのモップ作業は何だったんだ！

「皆さん、その……よく勝ち残りましたね。次のゲームでも奮闘を期待します」

「次のゲームは何人残るんだ！　先に教えろ！」という声が飛んだ。言いたい気持ちはわかる。次も53人が残れるんだったら、やる気も起こらないしね。

「次のゲームの勝ち残り人数は……秘密です。次のゲームは、え、ええと……草引っこ抜きゲームです。建物の外の庭に移動してください」

オストアンデの挙動がおかしい。明らかに視線が自信なさそうにそれたりしている。

そこでだいたいのからくりが読めた。


「これ、ゲームという設定にして、掃除させようとしてるだけだろ！」


私が名探偵よろしく喝破《かっぱ》した。

おそらく、ここはオストアンデに関する神殿か何かで、その掃除をゲームという名目で行わせているのではないか。

オストアンデはしばらく無言でいたが――

顔を毛玉の中に収納して、出てこなくなった。

私の説は正解だったな。

「おい、どういうことだ！」「主催者は説明責任を果たせ！」「何か言え！」

参加者からのブーイングがしばらく続いた。

「怒るのはわかるけど、死神相手にみんな、強気だな」

「姐さん、ここの参加者で死神が怖い奴《やつ》は一人もいませんよ。たいてい死んでますし。しいて言えば、死神を恐れるのは姐さんぐらいじゃないですか」

「そういえば、そうだった」

ノット・デス・ゲームは人選の段階で問題があったな。


その後、オストアンデが毛玉から顔を出して、掃除のために人員を集めたことを認めて、正式に謝罪した。

「そろそろ掃除しておきたい神殿があって……こういう手段を取った。申し訳ない」

慰謝料を請求するわけにもいかないので、主催者が非《ひ》を認めた時点でこれで終了だ。

「できれば、雑草《ざっそう》抜きも手伝ってほしい……。でも、賃金の用意などはないので、無理ということなら帰ってもらって構わない……」

この主催者の発言で帰る幽霊なども いたが、大半の参加者は残った。

「そういうことなら最初からそう言えよ」「ぬいぐるみだとあまり草も取れないけどやるよ」「こういうのはお互《たが》い様ね」

思ったより、みんな友好的な反応で、雑草の生えている庭のほうに出ていった。

「さっきも言いましたけど、幽霊はたいてい暇なんです。草むしりをやってくれと神が言ったら、大半は応じてくれますよ」

「ロザリーの言うとおりみたいだね」

私たちも時間はあり余ってるので、草むしりに庭まで出た。


体感時間で一時間ほどで草むしりが終わると、庭もきれいになった。

途中からモップを動かせるロザリーのような幽霊が神殿の外側の壁もこすったので、見事な白い神殿が現れた。

「ありがとう……。今日はありがとう……」

オストアンデは各所に回って、頭を下げていた。

勝手に人員を集めてくるのは強引《ごういん》だが、腰は低い。

そのオストアンデが私とロザリーのところにも来た。

「ご迷惑おかけした……。やりすぎたことは小生も反省している……」

「もう、そういうのはいいよ。納得したから草むしりもしたわけだしさ」

「外の壁を磨いたのはあくまでアタシの善意ですから、礼はいらないです」

何日も働けと言われたら困ってしまうが、これぐらいならどうということはない。

「好成績者に何か贈れないかと考えて……メダルを用意してきた。これを贈呈する」

オストアンデは毛玉の中から私とロザリーにそれぞれ銅のメダルを渡してきた。

そこには「ノット・デス・ゲーム生還記念」と彫られてあった。

「ありがとう。それじゃ、今日はこのへんで」


――気づいたら、自分の部屋のベッドに寝ていた。

机にはメダルが置かれている。夢だったわけではないようだ。

肉体ごと連れていかれたのか、魂《たましい》だけ持っていかれたのかよくわからないが、体に疲労感もないし、どっちでもいいか。

神殿はこの世界のものだったと思うので、神の力を使えば瞬間移動もさせられるのかもしれない。

パジャマ姿じゃなかった気がするんだけどな。

深く考えても仕方ないか。神の力なのだから、奇跡だって起こせるだろう。

しかし、一つだけ言わせてほしい。

メダルに生還記念って彫ってあるけど、あそこの参加者、生きて還《かえ》ってはないだろ！　ほぼ死者だけだっただろ！

ある意味、私だけが唯一のデス・ゲーム生還者――いや、ノット・デス・ゲーム生還者だな。そんなことを考えながら、朝食のためにダイニングに出ていった。

ダイニングの椅子《いす》にはもうファルファが座っていた。

「おはよう、ファルファ。ちょっと変な夢を見ちゃったよ」

「おはよう、ママ！　ところで、その数字は何？」

ファルファに言われて、私は自分が着ているものを確認した。

「5」というゼッケンがパジャマにしっかりついていた。

「信じてもらえないかもしれないけど、これは夢のせいだから！」

ロザリーも「59」のゼッケンがついていたので、事後処理はちゃんとやってほしいです。

ばさばさとドラゴンが高原のほうにやってきた。

白いドラゴンなので、パールドラゴンだろう。ということはオースティラの確率が高い。ほかに名前を知ってるパールドラゴンが一人もいないのだ。

私の雑《ざつ》な予想は当たった。ドアの外に出て、人の姿になったドラゴンを見たら、本当にオースティラだった。

「アズサさん、ライカさんはいらっしゃいまして？」

「うん、いるけど。なんとなくだけど、今日はやけに自信がありそうだね」

これまでより偉そうというか、誇らしげにしている印象がある。どちらかというと、偉そうな性格ではあるのだが。

「はい、実はわたくし、こういう立場になったのですわ」

オースティラが小さな木の盾《たて》を出してきた。ぜひお目にかけたいということらしい。

盾には「竜王」の文字が見えた。

まさか、ついに竜王に⁉

新たな竜王戦が開催されたなんて聞いたことはないんだけどな。ドラゴンの世界はけっこういいかげんなので、前回竜王のライカが知らないこともありえないとは言いきれないが……。

だが、竜王の盾にしては小さいな。それにライカの時はこんな木製の盾を贈呈されたりはしてなかった気がする。

おや、竜王の前にもうちょっと文字が書いてあるぞ。

どこか知らないけど、だいぶ狭い範囲での竜王な気がする！

脳内でツッコミを入れたんだけど、さすがにそのまま言うと失礼すぎるので、何も言わずにおいた。

するると、そこにライカも外に出てきた。

「なんですか、この『クーウェウスふるさと竜王』というのは？　ずいぶんショボい竜王だなと感じるのですが」

私が言わなかったこと、全部言っちゃった！

「ちょっと！　わたくしのことを悪く言うのはかまいませんが、クーウェウスのことを悪く言うのはやめてください！　クーウェウスは冬も温暖で、農作物の収穫量も多くて、しかも波が作った洞窟もある素晴《すば》らしい町なんですよ！」

無茶苦茶《むちゃくちゃ》、町のフォローをしてきた！

「え、ええと……クーウェウスってどこの町か知らないんだけど、オーステイラの故郷だったりするの？」

「いえ、縁《えん》もゆかりもないですわ。親戚すら近くに住んでいませんから」

擁護《ようご》した割に、つながりがない。

「ですが、『クーウェウスふるさと竜王』に選ばれた以上、クーウェウスが発展するように尽力《じんりょく》していかなければいけないと思っているんですわ」

「その意欲は素晴らしいんですが、この『クーウェウスふるさと竜王』というのは、いったい何なんですか？　あと、クーウェウスって地名、言いづらいですね」

今日のライカ、オーステイラにはあまり遠慮がないな。あまり丁寧《ていねい》すぎると友達が作りづらいので、オースティラが怒ったりしない以上は、基本的にいいことだと思う。

「説明はいくらでもできますが、ずっと立ち話も嫌なので、座らせていただけませんこと?」

それは本当にそのとおりなので、家に入ってもらった。

「ふるさと竜王については、この公募パンフレットをごらんいただいたほうが早いかなと思いますわ」

オースティラは席につくと、早速《さっそく》テーブルに募集要項の紙を載せた。こんなものまで持ってきているということは説明したくてたまらなかったんだな。常に持ち歩くようなものじゃないからな。

愛すべき町、クーウェウスを
応援してくれるドラゴンを大募集!

クーウェウス
ふるさと竜王賞

参加資格

クーウェウスの町に関係のある
ドラゴンおよびそれ以外の誰か

募集内容

竜王としての意気込みと
クーウェウスの町に関する愛や提言などを
1000語以上の言葉で
書いて応募してください

竜王賞(1名)
賞金10万ゴールド、副賞の盾を贈呈

佳作(3名)
副賞の盾を贈呈

これは地味《じみ》！

前世でも、一つの市町村だけでやってる謎《なぞ》の公募はいろいろあったんだろうが、その手のものに近そうだ。

「審査する内容が原稿のみじゃないですか。これでドラゴンとしての何がわかるんですか？」

ライカが強めの質問をしてきた。

ライカは竜王であることで威張《いば》ったりはしないが、厳《きび》しい戦いを勝ち進んで竜王になったという事実を否定する気はない。なので、竜王の名を冠している変な賞のことが引っかかるのではないか。

まあ、このふるさと竜王になった奴《やつ》が、同じ竜王だと言ってきたら、誰でもモヤモヤするよな……。

「ライカさんのおっしゃるように、竜王と『クーウェウスふるさと竜王』ではあまりにも大きな開きがありますわ。ですが、この『クーウェウスふるさと竜王』は――真の竜王への登竜門なのです！」

やたらともったいぶって、オースティラが言った。

どうでもいいが、この世界に登竜門って言葉あるのか。けど、よく考えたら鯉《こい》が竜になるみたいな故事とかなくても、登竜門という表現があってもいいのか。ドラゴンがくぐる門だもんな。

「過去の歴代竜王のうち三人は『クーウェウスふるさと竜王』に選ばれているんですわ。ですから、受賞は決して無駄《むだ》ではありませんわ」

それだけ言われると、意義がある気もしてくる。

「ううむ……この募集内容では、竜王戦との違いがありすぎて比較できない気がしますが……。

だって、これ、飛行速度を競《きそ》ったりしませんよね？」

「むっ、ライカさん、徹底してわたくしを疑っていますのね。ですが、それでも一向にかまいませんわ。なぜなら、その疑いこそ、わたくしの実力を試していただく絶好の口実になりますもの！」

オースティラは勢いよく立ち上がった。


「ライカさん、久しぶりに力比べです！　外に出てください！」


「えっ？　もう力比べするの？　まだお茶も出してないし、一杯ぐらい飲んでからにしてもいいんじゃ……」

まだ地域特化型の竜王の説明をされただけなんだよな。

ここに来たからにはライカに手合わせを挑んでくるとは思っていたが、せめて三十分ぐらい雑談してからでもいいのでは。

「いいえ。わたくしのコンディションは悪くありませんし、少し座って休憩もできました。まったく問題ありませんわ。ライカさんのほうが待ってほしいとおっしゃるなら、いくらでも待ちますけれど」

おっ、一丁前に挑発めいたことを言ってきた。

もしや、この竜王の募集内容には明記してないが、ドラゴンぽい審査でもやっているのだろうか。

壁をパンチで破壊したりだとか。

「我《われ》も今すぐ戦えますよ。それに自分のコンディションがよくないから待ってくれというのは戦う者としては甘えでしかありませんし。竜王戦の日が不調だからといって、延期することなどできませんからね」

ライカもゆっくりと立ち上がった。

ケンカと呼ぶか怪しいところだが、売られたケンカは買いますということだ。

「ええ、新たなわたくしの一面、お見せいたしますわ。『クーウェウスふるさと竜王』の一面をね!」

高原の家を出ればすぐにだだっ広い高原なので、戦う場所には事欠かない。

とはいえ、あまりに家の真ん前だと、家が壊れる危険もあるので、それなりの距離はとってもらった。このあたりはライカもよくわきまえている。

気になることがあるといえば、なぜかオースティラがカバンを持って外に出てきたことだ。

そして、地面にそのカバンを置いた。

もしや、小道具でも使うのだろうか。

素手《すで》で戦わないといけないなんて決まりはないので、たとえば篭手《こて》をはめたいなら、はめればいい。刃物はあまり使ってほしくないが、禁止されていたりはしない。

「じゃあ、いつでもかかってきてください。驕《おご》りではなく、単純に実力から見て、我が圧勝すると思いますので」

平然とライカが言った。

「人によって成長速度も違うものですが、それでもまだまだあなたに負けるわけはないです。せいぜい、現時点で出せる最高の戦いを見せてくださればけっこうです」

「言われるまでもなく、わたくしも全力でいきますわ。そうでなければ、『クーウェウスふるさと竜王』の名前に傷《きず》がついてしまいますから」

そのふるさと竜王とやらにどれだけの権威があるのか、いまいちわからないが、本人が誇りに感じているなら、それでいいのだろう。

「では、わたくしの新たなる技を受けていただきます！」

さっと中腰になると、オースティラはカバンに手を入れた。

やはりアイテムを使うのか。たとえば、目つぶしの効果がある砂とか？

左手で何かをつかむと、オースティラはライカに接近する。

どういう技を使ってくるんだ⁉

「クーウェウス鯛《たい》の干物《ひもの》パンチ！」

そう叫《さけ》んで、オースティラは右手でパンチをした。

パンチ自体はライカが手のひらであっさり受け止めた。

が、そんなことはどうでもいい。

オースティラの左手には魚の干物が握られているのだ。技の名称からして、鯛だと思われる。これでアジだったりしたら予想外ではあるが、戦闘には何の意味もない。

「あの、オースティラさん、その技の名称はいったい何なんですか？」

淡々《たんたん》とライカが尋ねた。

無視して戦闘を続行しないのはライカの優しさかもしれない。

「クーウェウスは大きな港があり、いろんな魚が獲《と》れるので、昔から干物作りが盛んなのですわ。おかげで、こんな海から離れたところにもおいしさを届けられるのですわ。むしろ、水分を飛ばすことで旨味が凝縮するとも言えます」

「いや、そういうことを聞いているのではなく、これ、技として成立してませんよ。左手に干物を持って、右手で殴《なぐ》っていますし」

おっしゃるとおりで、鯛の干物パンチだからといって、干物をぶつけるのではなくて、干物とパンチは別物なのだ。

干物をぶつけても、あまり威力はないと思うが。乾燥してるから生臭《なまぐさ》くすらないし。

「わたくしは『クーウェウスふるさと竜王』ですから。戦う時にも、クーウェウスの広報になるよう努めねばなりません。それこそが竜王のプライドというものですわ！」

プライドが戦闘に活かされていない！

私だけでなく、ライカも似《に》た感想を抱いたらしく、こりゃダメだという顔をしていた。

オーステイラはカバンのほうまで後退した。

また、何か取り出すのだろうと思ったら、正解だった。


「クーウェウスオレンジキック！」


今度は左手にオレンジを持って、右足を振り上げたが、これもライカが受け止めた。

「クーウェウスは気候が温暖で斜面では柑橘類《かんきつるい》の栽培《さいばい》も盛んなのですわ」

「それはそうなのでしょうが、キックとのつながりが何もないですね。せめてオレンジを靴に差し込んでキックするとかしたほうがいいのでは」

「オレンジを足蹴《あしげ》にするなんて、ふるさと竜王として一番やってはいけないことだから、できるわけがありませんわ」

観光大使みたいな立場と戦闘との相性が悪い。

「もう少し攻撃と連動させてください。そうじゃないと話になりませんよ」

「くっ……。まだこれで終わりではありませんわ」

またもや、オーステイラがカバンまで下がった。

このままどこにあるかもよくわからない町の名産品を次々に紹介されていくのだろうか……。次あたりで家に戻ろうかな……。

次にオースティラがカバンから出してきたのはカップケーキだった。

もう、取り出した時点で展開が見えてしまった。

「あっ、その芸風で最後までいくんですね。ありがとうございました」

ライカが冷めた声で言った。

「ちょっと！　終わった空気を出さないでください！　今回の攻撃は一味違いますわよ！」

「仮にそんなふかふかのものがぶつかってもダメージにすらなりませんし、無意味ですよ」

「いいえ、無意味ではありません。次の攻撃は必ず、あなたに当たります。なぜなら、あなたはもったいなくてかわすことができないからです」

セリフだけだとバトル漫画っぽいが、カップケーキを持って発言しているので、いろいろ不自然である。

「いきますよ！　クーウェウスオレンジケーキアタック！」

今度はオースティラは全速力でライカに向かっていく。

技の名前からして、おそらくライカにぶつかっていくのだろう。

これはライカにかわされた場合、勢い余って地面に突っ込むのでは？

それはまずい。何がまずいかというと——

カップケーキに土がついてしまうかもしれない。

そうなると、生産者の人に申し訳ない！

なるほど！　これがオーステイラがかわすことができないと言った理由か！

オーステイラといっても、全体重でぶつかればライカでも多少はダメージを喰《く》らうかもしれない。

さっきまでのパンチやキックを受ける時と比べれば破壊力が違う。

全体重が載った一撃を、片手で受け止めるのは、いくらなんでも無理だろう。

いわば、名産品を人質にすることで、ライカの回避の選択肢を消したわけだ。

「さあ、オレンジケーキを喰らいなさい！」

オーステイラもこれには自信があるようだ。

さあ、どうする、ライカ？

しかし、竜王はこんな程度でひるまなかった。

「武器を奪うのも戦闘の流儀ですから」

そう言うと、ライカは自分から一歩踏み出して、オーステイラとの距離を詰める。

カウンターか？

違った。

ライカはさっとカップケーキをオーステイラの手からひったくる。

そして、肝心《かんじん》の突進も回避！

「うわああああああっ！　止まりませんわ！」

オースティラが悲鳴を上げて、転がっていく。それだけ思いっきり突っ込んだということだ。

その間に、ライカはそのカップケーキを口にしていた。

「あなたが喰らいなさいと言ったので、その言葉どおり、喰らうことにしますよ」

ライカの実力をもってすれば、オースティラが持っているものを奪うぐらい、どうということはないのだ。

「うん、オレンジの酸味《さんみ》が甘い生地《きじ》と合いますね。悪くないですよ。あと五回ぐらい、この攻撃をお願いします」

「ライカ、オースティラには聞こえてないと思うよ。だいぶ遠くまで転がっていってるし」

目を回したせいか、オースティラは離れたところで、ぐったりしていた。

「捨て身の技が失敗いたしましたわ……」

勝ち負けの判定をすること自体があほらしいけど、ライカの勝ちということでいいだろう。


戻ってきたオースティラは案外あっさりと敗北を受け入れた。

決着もついたようだし、ようやくお茶を飲める状態になった。家に戻ると、私はお茶をテーブルに運んだ。お茶請けはオレンジのカップケーキだ。

「やはり、『クーウェウスふるさと竜王』ごときじゃ、竜王にはかないませんわね」

「それはそうです。あなたの称号は強さと何も関係ありませんから。むしろ、ふるさと竜王になった人の中に、竜王に選ばれた方がいたということが驚きです。そこは信じてもいいんですよね？」

たしかに、商品をＰＲしながら技を繰り出して強くなれるわけもないし、謎ではある。

「本当ですわよ。どちらも受賞したドラゴンはエントリーできるものに何でもかんでも出場するタイプの方だったそうです」

出たがりなだけかい！

謎は解けた。竜王になれるポテンシャルのあるドラゴンが、地域密着の竜王と名のついたものにも参加したのだ。

「まっ……いろんなものに挑戦してみようという心意気は悪いものではありませんし……今後も続けていけばよいのではないでしょうか。ふるさと竜王なりのプライドも、その地元にとっては正しい気もしますし」

「私とライカはクーウェウスって地名を覚えたからね。竜王の役目は担えてる気がするね」

「そうおっしゃってもらえると、わたくしもありがたいですわ。町の側も広範囲に動くドラゴンなら広報能力に長《た》けているからという理由で、ふるさと竜王を募集しているようですし」

オースティラは微笑《ほほえ》んではいたが、あまり楽しそうではない感じがした。

ライカに完敗した事実があるからだろう。彼女としては、やはり悔《くや》しいのだ。

でも、その悔しさが強さにつながるわけで、悪い感情ではないと思う。

「また、わたくしなりに腕を磨きたいですわ」

「ええ、また強くなったら、いつでも来てください。受けて立ちます」

ライバルだか友達だかわかない、こういう人間関係もよいものだ。

「ところで腕を磨く当てはあるの？」

また、努力の方向性がズレていそうなので、一応聞いてみた。

「はい、『メルテインすみやすい町竜王』の公募があるので今度はそこを受けようかと思っていますわ」

それを聞いただけでも、『クーウェウスふるさと竜王』と同じ匂《にお》いがした。

「挑戦はいいけど、おそらく成長には結びつかないと思うよ！」

よくわからない称号をたくさん手に入れるのも、それはそれで充実した人生ではあるだろうけど、ライカに近づくことはないぞ。

お土産《みやげ》に鯛の干物ももらったので、珍《めずら》しく干物を焼いたものがその日の夕食にのぼりました。

She continued destroy slime for 300 years

選挙管理委員会になった

ベルゼブブが我《わ》が家に来るのは何も珍《めずら》しくないのだが、その日の私は少し警戒した。

まず、ファートラも一緒に来ている点。

人数が多い時は何か余計な依頼をしてくる時が多い気がする。

それと、やたらといろいろ土産物《みやげもの》を持ってきたところも変だ。

娘が喜ぶものを買ってくることはよくあるのだが、ほかにもどこかの特産品らしき野菜や果物《くだもの》をいろいろ渡された。

「これはブワールという村で取れたリンゴじゃ。甘すぎて気味が悪くなるほどじゃぞ」

前にオースティラが来た時もそうだけど、最近特産品もらいがちだな。

「気味が悪くなるって食べ物に対して使う表現じゃないと思うけど、それだけ甘くておいしいってことだね」

「おいしいかは知らん。気味が悪くなるほど甘いのじゃ」

「素直においしいってことでいいじゃん……」

お茶請《ちゃう》けとしてはちょうどいいので、簡単にリンゴを切って、皿に並べた。

一口食べてわかった。

「ものすごく甘い。おいしくはあるんだけど、甘すぎて、一切れでいいやって気にもなる」

「そうじゃろ。甘いこととおいしいことは似《に》て非《ひ》なるものじゃ。まったく同じではないのじゃ。甘ければよいというものではない。そこを勘違いして、何から何まで甘くなるように品種改良している奴《やつ》が多いのじゃ。開発は好きにすればいいが、消費者はわがままじゃぞ。甘ければいいってものじゃないと突然言い出すおそれもあるのじゃ」

「農相なのに、厳《きび》しいな。魔族の土地で取れたリンゴなんだから、もっと褒《ほ》めればいいのに」

「そこはシビアにいくのじゃ。農務省は生産者の支援はできても、あくまで支援だけで責任は持てぬのじゃ。なので、この甘すぎるリンゴも手放しで評価はできぬ。もう少し甘さ控えめのほうが長くやっていけるのじゃ。一世を風靡《ふうび》すると、廃《すた》れるのも早い」

理屈はわかるが、もしかすると、ベルゼブブがこのリンゴをそんなに好きじゃないだけの可能性もある。そのあたりはよくわからん。

「ところで、このリンゴの産地であるブワールという村で、十年に一度の選挙がありまして、少し人手不足で大変なんです」

ファートラが要注意なことを口にした。

人手不足ということは、何か手伝えということではなかろうか？

「選挙？　魔族って政治体制としては魔王が絶対君主として君臨して何でも決めてるんじゃないの？　州や郡のトップも中央で全部決めてる印象があるけど」

言うまでもなく、この場合の魔王とはペコラのことである。

魔王ってそういうものだろう。すごく民主的な魔王というのも変だ。

「地域を統括するような者は名目上、魔王様がお決めになるが、それでも重要な者だけじゃ。村レベルのトップは村で住人に決めさせる。そんなとこまで上で管理せぬ。住んでる奴らで決めてくれ」

ベルゼブブが面倒《めんどう》くさそうに言った。

魔族の政治体制など考えてこなかったが、徹底した中央集権体制ではないようだ。

「それで、選挙管理委員会の人員が足《た》らず、困っているんです」

「あっ、人手不足ってそういう立場の人か」

だったら関係ないな。

選挙管理委員会は、魔族の土地に住んですらいない奴に任せる仕事じゃない。


「そこで、おぬしも選挙管理委員の一人をやってくれんかのう」


「あ〜、そりゃ、私には関係ないもんね〜。いや〜、また変な仕事をやらされるんじゃないかって思ったよ――――って、なんで私がやるの⁉　むしろ、そんなの私がやっていいものなの⁉」

いくらなんでもこれは無関係だろうと油断していた。

「だいたい、農相と村の選挙管理委員会に何も関係ないじゃん！　しかも、選挙だって中央から誰《だれ》か任命するんじゃなくて村で決めるんだったら、委員も村のほうで集めるんじゃないの？」

「いくつも質問するでない！　今から説明するのじゃ！」

被害者はこっちなので、そっちがイライラしてるのは納得できかねるぞ。

「まず、村長を中央から任命しないとはいえ、まともに選挙をやっているかどうかのチェックをする選挙管理委員は中央から派遣いたします。村で知らないうちに独裁政治でもやられると困りますからね」

ファートラが淡々《たんたん》と説明した。それは、まあ、そうか。

「そして……選挙管理委員は候補者との利害関係がない者がよいということで、いろんな部署の者がランダムに選ばれます。今回は魔王様が選択されまして……」

「ランダムか〜と思ったけど、ペコラが選んでるんだったら実質ランダムじゃないな……。ものすごく恣意的《しいてき》だな……」

ペコラが余計なことをしたというわけか。

だいぶ話がわかってきた。

「そりゃ、ペコラが選ばなきゃ大臣がこんな仕事をやることにはならないよね」

「選ばれてしまったものはしょうがないのじゃ。わらわが選挙管理委員長じゃ。委員の人数が足らん分はわらわが決めるのじゃが、農務省から人員を選択しまくれば業務が滞るし……違う省庁から選べば当然恨《うら》まれるのじゃ……」

ベルゼブブも文句《もんく》なしの被害者ということは確実だな。

ブワールという村のリンゴに塩対応をしている理由もわかった。

村がベルゼブブを苦しめたわけではないが、その村の選挙で迷惑を被ったのも事実なので、あまり好きになれないのはわかる。

たとえとしてズレているかもしれないが、自転車で各地を回る旅行をしていて、どこかで事故に遭えば、事故の起きた土地にマイナスイメージを持つことはある。

「当たり前だけど、私に専門知識なんてないから、その手の知識が必要なら論外だよ。本当に座ってるだけでいいんだったら、手伝ってあげなくもないけど」

今回はベルゼブブも被害者だしな。そのサポートと考えれば、妥協できる。

「座ってるだけでよい。むしろ、選挙管理委員じゃからな。座っているだけということを徹底してくれることがなにより大切なのじゃ。どの候補の陣営にも決して有利になったり不利になったりしてはいかん」

そう言われると、村に対してやたらとそっけないぐらいが適切なのかも。

「ちなみに期間はどれぐらい？　一か月、村に滞在しろっていうのは嫌だよ」

「選挙の三日前に村に入って、開票作業が終了したら、帰ってくれてよいのじゃ。むしろ、わらわも長居したくないので仕事が終わればすぐ帰る」

拘束期間は移動も含めて十日ぐらいか。

「その日数なら我慢《がまん》するか」

「こんな変な依頼を引き受けてくださってありがとうございます。農務省としても助かります」

ファートラに、まず頭を下げられた。もしファートラが選挙管理委員をやらされたら、それだけ農務省の仕事に穴が空くわけで、私が結果的に貢献しているのは事実なのだと思う。

「頭数として参加するだけなんだけど、感謝されればうれしいかな」

「あと、選挙管理委員をなされる前に忠告をしておきますね」

なんだ、そんな問題がある土地なのか？

「滞在する期間の食事は、事前に用意していってください。面倒でしたら、遠方の都市からワイヴァーンにでも宅配してもらってください。村のものを口にするのは避けましょう」

「え、何……？　毒でも盛られる危険があるってこと？」

一気に恐ろしい話になってきたのだが、大丈夫か？

「毒のリスクはかなり低いです。どちらかというと、その逆ですね」

「毒の逆って何⁉」

滋養強壮《じようきようそう》にいい野菜でも勝手に入れられるのか？　そんなわけないと思うが。

「行けばおおかたわかります。二人とも、何物にも動じない鋼《はがね》の心で乗りきってください」


ファートラの口元が少し動いた。

これ、楽しんでるだろ。

理由を知っていても伝えない気だな。

「ベルゼブブは何か知ってるわけ？」

「いや、わらわもよくわからんのじゃが、魔王様が変な疲れ方をする村とはおっしゃっておったのじゃ……」

ろくでもない土地だという情報は、私が行くと決定する前に教えてほしかった。

◇

私はワイヴァーンでブワールの村に降り立った。

ベルゼブブはすでに選挙管理委員長という立場で村で働いてるはずだ。向こうから迎えが来てくれる手筈《てはず》になっている。

村は人口も少ないから魔族じゃない部外者は目立つし、そのうち気づくだろう。迎えが来るまで少しぶらつくことにしよう。

村の中心部はフラタ村と大差ない雰囲気だ。一方、ワイヴァーンに乗っている時に見た村の周縁部はやたらと農地が広がっていた。いろいろ栽培《さいばい》しているようだ。

村長選挙をするぞというポスターがいたるところに貼《は》ってあるのと、投票を呼びかける声が聞こえてくる以外は、あまり特徴も感じない。

周囲が魔族だらけな時点で普通の人間には意外性もあるのだろうが、さんざん魔族の土地に来ている私としては見飽きた場所だ。

散策は十五分ほどで終えて、いかにも役所ですといった感じの二階建ての石造りの建物の前で待つことにした。公的な仕事を商店の二階でやるなんてことはないだろうし、このあたりの大きめの建物のどれかだろう。

しばらく立っていると、村のおばちゃんらしき魔族が近づいてきた。

「観光客の方ですか？　花をお配りしています。よかったら、どうぞ～」

ピンクの花を渡された。おお、なかなか粋《いき》な心づかいじゃないか。

「ありがとうございます。あっ、花の下にメッセージカードみたいなものも」

来訪を歓迎する内容でも書いてあるのかな。

ええと、「村長にはぜひゴゴズ氏を」って書いてるけど、これは何だ？

と、後ろから誰かが駆け寄ってくる音が聞こえた。

「こんなものはいらぬ！　受け取らぬ！　ほかの奴に渡せ！」

ベルゼブブが私の手から花を取ると、そのままおばちゃんに突き返した。

「あらら～、そうですか～。では、これにて～」

おばちゃんは嫌な顔もせずに去っていった。

「ベルゼブブ、今の対応は失礼だったんじゃない？　おばちゃんの善意にこたえなさすぎなんじゃゃ――」

「どこが善意じゃ。思いっきり、片方の候補に有利になるように、問題のある選挙活動をしておったじゃろ。ゴゴズに投票しろみたいなことが書いてあったはずじゃ」

言われて、初めて気づいた。

「そういえば！　観光客向けにしてはおかしな文言《もんごん》が書いてあった！」

「そうじゃろ、そうじゃろ。あやつらは少しでも隙を見せると、自分の応援する候補の有利になるように動くからのう。どう見ても人間のおぬしは有権者には見えぬが、役所の前に立っておるから、選挙の関係者じゃと認識したのじゃろう」

ベルゼブブが早口で説明した。

「個人が自分はこの候補を応援すると主張したりするのは自由じゃが、買収みたいな要素が入れば話は別じゃ。無論、選挙管理委員がそんなものの影響を受けるのは論外なのじゃ。さっきみたいなのは気をつけねばならぬ」

言いながら、ベルゼブブは周囲に不審な人物がいないか、確認していた。

「よし、ひとまず安全じゃ。ここの二階が選挙管理委員の詰め所じゃ。食事の時も極力、部屋から出ないほうがよい。わらわは遠方のチェーン展開している店からワイヴァーンに食事を運ばせておる。それでよいなら、おぬしもそこから取り寄せるのが無難じゃ」

そのベルゼブブの態度でなんとなく察した。

「もしかして、この村って選挙に不正が起きまくってるの？」

「そうじゃ。何が何でも有利になるように村民が動きまくる、とんでもない田舎《いなか》なのじゃ！」

前世でも村の選挙は荒れるという話を聞いたことがある。

村というのは普通、人口が少ない。

そこで村民が候補ごとに分かれて争い合えば、無茶苦茶《むちゃくちゃ》険悪な空気になる。

しかも、人口が少ないということは、利権の影響がモロに出やすいということだ。

支持者のやってる店を優先して使うだとか、そういったことが村全体で起こる。

そうなってくると、露骨《ろこつ》に賄賂《わいろ》を贈るなんてことがないとしても、公平な選挙というのはなかなか難しい。

で、ベルゼブブの説明を聞くに、この村は堂々と選挙に肩入れする村民だらけということらしい。

「そんなに悪質なら法で規制すればいいんじゃないの？」

「それも検討されたことはあるのじゃがな、法で縛った場合、村民のほぼすべてが罪に問われてしまうので、不可能じゃった」

「どんな村なんだよ！」

「よく考えてみるのじゃ。いくら法が適正で、妥当なものであったとしてもじゃ、それでほとんどの人間が犯罪者になってしまえば、そんな法は運用できぬ……」

なんか論理の問題になってきた。

「この村は、すべてが選挙の肩入れを前提に行われておると考えたほうがよい。他人の善意を信じてはならぬ。うかつに信じると、どっちかの候補を優遇したろくでもない選挙管理委員になってしまうのじゃ！」

「善意を信じてはいけない村ってシンプルに嫌だな……」

「実際、嫌じゃ。善意を徹底して排除しようと心がけて生きるのは、疲れる。選挙管理委員の立場としては最も行きたくない村だということじゃ」

「えーっ！　そんなところに増援に来させないでよ！　せめて、もっと楽そうなところに呼んでよ！」

「わらわだって、田舎のどこの村の選挙が大変かということまでは把握しておらんから、しょうがなかろう！　魔王様にはめられたわけじゃ！」

そうなのだ。ベルゼブブが私に謀ったのではなく、ベルゼブブも謀られた側なのである。

と、ドアがこんこんとノックされた。

「おしぼりお持ちしました～」

いかにも事務員という感じの魔族のおっちゃんが入ってきた。この世界にもおしぼりの文化ってあるんだな。温かいタオルで手を拭くと気持ちいいし、リフレッシュできる点は万国共通なので、どこの土地にあってもおかしくはないけど。

だが、ベルゼブブは立ち上がると、「そこで待っておれ！」と言って、おっちゃんを止めた。そのまま、すぐにほかの選挙管理委員側の魔族に「こやつの素性《すじょう》を洗うのじゃ」と言った。

「まったく信じてない……。ぱっと見、役所の職員の人っぽいのに……」

「見た目で惑わされておるかもしれぬ。こんなことで、物品の供与を受けたと認識されるのは納得いかぬ」

相当、慎重になっているな……。

「いやあ、どっちかの候補が友達だったりなんてしませんけどね～。ただの村役場の職員ですが～」

おっちゃんは頭をかきながら笑っている。

約三分後――

「この村役場の職員は、友達の友達の友達に片方の候補がいます！　危険です！」

選挙管理委員の魔族がそう告げてきた。

「やはりな！　これは受け取らぬのじゃ！」

「他人じゃん！　友達の友達の友達はもはや他人だろ！」

「いいや、候補と仲のいい友達の友達がその友達に頼んで、その友達がこやつにおしぼりを持っていけと言ったかもしれぬ」

「なんか、混乱してきた」

「つまり、この村役場のおしぼり職員を①、おしぼり職員の友達を②、②の友達を③、③の友達で選挙の候補となってる奴を④とする。④の友達である③は①のことなど知らぬ。じゃが、仲のいい友達の②にどうにか協力できないかと持ちかける。②は友達①が役場の職員だったと思い出し、温かいおしぼりを送れないかと①に提案する――ということはありうるのじゃ。この場合、候補者である④と①の間には何のつながりもなくても、結局、公正を欠く行為になっておる」

　バケツリレーみたいなことが起きてるのか。

　理屈は呑《の》み込《こ》めてきたけど、まだ、得心《とくしん》はいってない。

「けど、考えすぎじゃないの？　私たちがおしぼりを使ったところで、特定の候補者を意識することすらないと思うけど……」

名前も連絡先も好意すらも書いてないラブレターがあったとしたら、それを渡された相手はラブレターと認識できるだろうか。

渡された相手が意図を理解できないなら、公正である部分は変わらない。

「いいや、必ず何かあるはずじゃ。ちょっと一つ借りるぞ」

ベルゼブブは温かいおしぼりを一つとって、広げた。

広げられたタオルの下に、なにやら文字が書いてあった。


「ここに『マスド農業機械会社』と書いてあるのじゃ。そして、マスドというのは候補者の名前じゃ！　無意識のうちにマスドに好意を持つように仕向けられておったのじゃ！」


「な、なんだってー！」

ずいぶん、遠回しな方法だなと思ったが、おしぼり職員が「バレたか……」と言ったので、正解だったようだ。

「けどさ、私たち選挙管理委員は、村長選挙の投票権なんて当然持ってないし、私たちを優遇する意味がないんじゃ……？」

「そんなものは終わってみるまでわからぬ。たんなる事務作業中でも、特定の候補者の作業時に表情が穏やかになったりすれば、それを見ていた奴が影響を受けるかもしれんじゃろ。選挙権がなかろうと、味方が多くて困ることはないのじゃ」

「悪いけど、そこまで来ると陰謀論ぽいぞ」

ベルゼブブは首を横に振ってから、私の肩に手を置いた。

「ここの宿に泊まったら、あらゆるものに候補者の名前であるゴゴズとマスドという文字が刻印されておった。そんな偶然があるか？　なかろう。少なくとも、こやつらはほんの些細《ささい》なことでも選挙管理委員すら自分の味方にしようと必死なのじゃ」

「とんでもない村に来てしまった……」

私の脳内には、旅行者が不気味《ぶきみ》な因習を持つ村に入ってしまった系のホラーが浮かんでいた。あるよね、夏に生贄《いけにえ》を出している村に観光客が来てしまって、儀式を目撃するような話。日本でもそういう話があったたし、海外でも有名な映画があったたし、前世では万国共通で存在したたと思う。

「この村に来て、この手の対応だけなら慣《な》れてきたわ。ほら、そこのおしぼり職員は帰るのじゃ。おぬしの作戦は失敗じゃ。それとおぬしの顔はもう覚えたからな」

おしぼり職員はとぼとぼ去っていった。

どうでもいいが、あの職員のあだ名、今後おしぼりになるのではないか。


おしぼり騒動が終わって、部屋は少し静かになった。

「候補者であるゴゴズとマスドという名前には気をつけろ――そう考えて仕事をしろってことでいい？」

名前でサブリミナルに影響を与えようとしてくるのは厄介《やっかい》ではある。

「そうじゃ。金を渡してくるだなんて、わかりやすい方法だけが利益《りえき》供与ではないからの。気をつけよ」

「ここまで村民が利益供与を狙《ねら》ってくるなら、ベルゼブブが村から離れた店でお弁当を注文してる理由もわかるよ」

村の中ではどっちの候補とも何の関係もない店など、存在しなそうである。

パン一つ買っただけで、選挙管理委員が不正をしたと言われたらやってられない。

「そうじゃ、今日は念のため一個余分に注文しておいた。食事のあてがないならそれを食べるとよい」

「おっ、それは助かる。じゃあ、そうさせてもらうね」

昼食の時間になり、弁当が運ばれてきた。宅配の人が持ってくる。

「どうも、スパイシーチキン弁当です〜」

「うむ。代金は国から後日振り込むのじゃ」

「このスパイシーチキン弁当ですが、香辛料がこちらの袋に入っております。かければかけるほど刺激的な味になります」

辛《から》さが調節できるタイプか。最初から激辛だったりしないあたり、助かる。

「個人的には香辛料はマストアイテムだと思いますので、ぜひかけてお召し上がりください」

「むっ！　待て、配達人！」

いきなりベルゼブブが険《けん》のある声を出した。

「今、おぬし、マストアイテムと言ったな！　候補者のマスドと発音が近いのじゃ。手の空いている者、この配達人の素性を調べよ！」


指摘の内容が限りなくイチャモンだろ！

ほかの選挙管理委員が「配達人が昨日から村民に代わっていて、マスド派の者です！　わざと近い発音の言葉を使った可能性が高いです！」と言ってきた。

イチャモンにしか見えないのに正解なのが困る。

「やりますね……」

配達人がうなだれた。

どうでもいいけど、こんな無茶苦茶なことをやったら、むしろマスド派の印象が悪くなるだけでは……。

「次からは村の人間でない者で配達に来い。わらわは公正さを失ったりはせぬぞ」

「はい、もう、このようなことはしないと肝《きも》に銘じておきます。ところで、次の弁当の注文なのですが、確認していただいて、よろしいですか？」

「ああ、そうじゃな。うむ、これで間違いない。アズサ、おぬしも注文しておくか？」

村の店を使う気はしないので、弁当で済まそう。

「じゃあ、明日はこれで、おかずは一つ追加で。……以上でお願いします」

「ご注文承りました。ますます到着が早まるよう努力いたします」

別に遅刻したわけじゃないし、変な口上《こうじょう》だな。できた料理は一刻も早く届けたほうがいいという価値観でもあるのか。

「よし、では、配達人、ちゃんと注文を店に届けるのじゃぞ。おぬしと顔を合わせることはもうないかもしれぬがのう」

「はい、正々堂々と選挙活動をしてこようと思います」

「くっくっく。正々堂々などとよくその口で言えたのう」

ベルゼブブがにやりと笑った。

「どういうことですか……？」

配達人も困惑している。少なくとも、弁当の宅配で行われる会話ではない。


「おぬし、さっき、『肝に銘じておきます。ところで』と言ったな。言葉の中に『ます。と』が含まれておった。また、マスドという候補者の名前を植えつけようとしおったな！」


そこまで指摘するベルゼブブのほうが怖いわ！

「ねえ、ベルゼブブ、これは偶然じゃないの……？　過敏になってるだけだよ」

「アズサよ、この村では性善説は通用せぬ。たとえば、おぬし、注文した直後に『ますます到着が早まるよう努力いたします』と不自然なことを言われたじゃろう」

ベルゼブブも不自然な言葉だとは感じたようだ。

「たしかに遅刻してないのに到着時刻に言及するのは変だけど……あれ？　『ますます到着』……『ますますとうちゃく』……少し発音が近い部分があるな……」

「そういうことじゃ。マスドに近い音を強引《ごういん》に入れるために言葉を選んでおるから、妙な会話内容になっておるのじゃ。明らかに意図的じゃ！」

こういうの、大昔に漫画で見たことあったな。特定の連続する文字列を言うと負けになるゲームだった。私たちの直面してるケースだと、相手が意図的に近い文字列を言ってくるのだが。

配達人はその場で膝《ひざ》を突いた。

「ま、参りました……。余すところなく、名前を盛り込むことで少しでも有利になるのではと一時的に宅配のバイトに参加したのですが……」

しかし、ベルゼブブはその程度で配達人を信用したりはしなかった。完全に疑うモードである。

「おぬし、またも『余すところ』というマスドに近い音を忍ばせおったな！　降参したと見せかけて、油断した者に襲いかかる真似《まね》をしおって！」

ほんとだ！　この配達人も徹底してるな！

「もう、この店は使わん！　これから先の注文も全部取り消しじゃ！　理由は店員の素行不良《そこうふりょう》じゃ！」

「えっ……それはバイトをクビになるかもしれないので、勘弁してほしいのですが……」

「ふざけるな！　次の配達人も村の息がかかってる奴かもしれんじゃろ！　もっと遠い土地の店に変更するのじゃ！　選挙を妨害した自分を恨《うら》むのじゃな！」

配達人はとぼとぼ去っていった。

注文取り消しが響いたな。

「ここまで人を疑うことが正解っていうのは複雑な気分……」

「わらわだってこんなことはしたくはないのじゃ。まっ、本音と建前《たてまえ》が違うことは大臣をやってるから慣れておるがな。娘との時間が安らぎになる理由もわかるじゃろ」

ファルファやシャルシャの心はきれいだからな。そこは親バカじゃなくて客観的な事実だ。

しかし、一件落着したと思ってから、とある問題に気づいた。

「私が注文した弁当も取り消されちゃったけど、どうしたらいいの……？」

「今日の仕事が終わったら、遠方まで食べに行くのじゃ……。それで、ついでに宅配をやっている店も探す……」

善意を疑うだけならまだしも、食事で困るのはどうにかしてほしい。

スパイシーチキン弁当自体はおいしかったので、作ってくれた人に申し訳なさがある。だが今後、毎食弁当が届けられるたびに、配達人のセリフに疑念を持たないといけないのも勘弁してほしいから、しょうがない。

それはそれとして、言わせてほしいことがある。

「マスドに近い文字列をそうっと忍ばせたからって、候補者にプラスにはならないだろ……。むしろ、マスドって人の支援者が異常って感じるだけじゃん……」

「そこは問題ない。ゴゴズの支援者もマスドの支援者も異常なので、まともなほうに投票するという選び方はできぬからな」

「だったら、普通のことだけしてれば当選するのでは……」

選挙って難しいなと思う。


そのあとも、選挙管理委員会の部屋に変な奴が来るので、そのたびにベルゼブブが追い出していた。

「すみません！　まったくの善意でお部屋の掃除に参ったのですが！」

「選挙管理委員会の部屋に何者かわからん奴を入れるか！　とっとと帰れ！」

「おめでとうございます！　この部屋にいらっしゃる皆様に当社の菓子《かし》が当たりました！」

「せめて、もうちょっと違和感がないような演出をせよ！　三数えるうちに帰れ！」

「最高級美容品のサンプルをお配りしておりまして――」

「それなりに美しいから不要じゃ！　それと、お前らが訪問してくるたびにストレスがたまってシワが増えそうじゃ！」

ベルゼブブがキレて訪問者を追い返しまくっている間、私はというと、投票所に配布する書類を封筒に入れる作業をしていた。まさに雑務である。

何一つ楽しい仕事ではないが、より公正を徹底するなら、魔族ですらない存在に雑務をやらせるというのは理にかなってはいる。

魔族がこの仕事をすると、おばさんのそのまたおばさんの一族の三男の姪《めい》の婚約者の一族とかから、この候補に便宜を図《はか》ってくれだなんて無体な願いが来る危険がある。

ここの村民は選挙のためなら何でもやるからな。限りなく赤の他人だろっていうような人脈ですら駆使してくる。

となると、魔女としてこの世界に転生した私は親も先祖もいないため、人脈でゴリ押しされるおそれも小さく、安全ではある。

初日は何かと衝撃を受けることも多かったが、選挙管理委員会としては選挙に関する法律を破ることなく終えられたと思う。就業時間が過ぎた直後に、ここの居酒屋が無料ですなどと宣伝してくる村民がやってきたが、すぐにお引き取り願った。

「おとといきやがれじゃ！　だいたい、こんな村でどんないい酒を出されたって、楽しく酔うことなどできぬ！　その時点で破綻しておるのじゃ」

ベルゼブブの言うとおりだ。もらう側が不快になっているので、もはや贈賄が成立してない。

「あのさ、直接この役場に来たんだけど、宿は村のどこなの？　あんまりくつろげなさそうだけど」

「ああ、あらゆるものに候補者の名前が書いてあったので、ワイヴァーンに乗って遠くの町の宿に変更したのじゃ。おぬしの宿もそこじゃ」

「徹底して、村を避けるんだな……」

「この村では選挙から距離をおくことができぬ。もはや選挙活動が村の発展を妨げている気すらするが、それも村民の選択じゃ。選挙管理委員会は選挙があまりに道をそれぬように気をつけるだけじゃ」

もう、とっくに道をそれているのだが、それも村民の選択だ。

ちなみに、役場の外に出ると「ゴゴズに清き一票を！」「マスドしかいないです！　マスドならやれます！」といった声があちらこちらから届いていた。

「ほぼ祭りだね」

「村民も祭り感覚で参加しておるのが多いかもしれんな」

そう聞くと、これはこれでいいのかなという気もしてきた。

勝ち負けよりも、選挙活動に自分も参加して盛り上がりたい連中が多いのだ。

それで村の行く末が不安定になれば問題だが、どうにかなるのなら祭りのようにしてしまう手もあるのかもしれない。

「マスドに投票する人は全品二割引き！」「ゴゴズに投票したらおまけします！」

そんな選挙管理委員会としては聞き捨てならない言葉まで聞こえてきた。

「ただ、ルール違反はよくないね……」

「あの次元で取り締まっているときりがないので諦《あきら》めるのじゃ」

もう面倒になってきたから、両方失格にしてほしい。

私もベルゼブブとともに遠方の町に行って、そこでごく普通の宿に入った。

窓から候補者の名前が聞こえてくることもないし平和だ。言うまでもなく、部屋に訪問してくる奴もいない。

明日も疲れる仕事になりそうなので、とっととベッドに潜り込んだ。

だが、なぜか暗くしたはずの室内がやけに明るくなった。

まさか泥棒でも入ったか？　けど、それならバレるから部屋を明るくしないよな……。状況を確認するべく、体を起こした。

「こんばんは～、女神で～す♪」

メガーメガ神様が部屋に浮かんでいた。

「なんでこんなところにまで来るんですか……？」

メガーメガ神様は昔から人間の土地でだけ信仰されてたわけではないので、魔族の土地に現れても別にいいのだが、やっぱり違和感はある。

「いえ、アズサさんが楽しくお仕事しているのかな～と思いまして」

ひやかしで来ただけなのかな。いつものような無理難題を出されるよりははるかにありがたいけど。

「今は魔族の選挙のお手伝いをしてます」

「そうですか～。いや～、ちゃんとお仕事していて偉いですね～。徳スタンプカードを押してあげないといけませんね」

なんだろう、今日のメガーメガ神様の話は、いつにもまして内容がない。

これは神様のトラブルを解決させられるなんてことですらなく、本当に雑談のためにやってきたようだ。

寝不足というわけでもないし、三十分程度なら話してもいいかな。

「それで、今日は選挙管理委員のアズサさんにお願いがありまして～」

「えっ？　何ですか？」

メガーメガ神様を信仰しようなんてポスターを作れなどと言うつもりか？

魔族の村に貼ったら目立つかもしれないが、選挙管理委員だしそんな時間はないぞ。

「ゴゴズ候補が勝てるように取り計らっていただきたいな～と」

「直接的すぎる選挙違反！」

いいですよと言えるわけないだろ。この候補に投票したらお茶をサービスしますって次元じゃない。

「ダメに決まってます！　それになんでメガーメガ神様が魔族の村長選挙に興味を持つんですか！」

「実はですね。ゴゴズという候補を応援してる村民の一人が、必勝を私に祈願したんですよ。どこかで私の存在を知ったんでしょうね～。だったら、これは神として一肌脱がないといけないなと」

「だからって、選挙で不正をするように頼むのはおかしいでしょ！　神としてそれでいいんですか！」

「よくはないです。でも、アズサさんが黙っていれば、まさか神が不正を働きかけたなんてわかるわけないし、いいかな～と」

神の悪事は明るみに出ないかもしれないが、その代わり、私は信仰を捨てるおそれがあるぞ。

「やるわけないでしょ。だいたい、どうやって不正するんですか。私一人が三百票を四百票だと言ったって、それが公式の結果になるわけないです。必ず数人はチェックするはずです」

「な、ならば……徳スタンプカードをたくさん押すので、そこをなんとか……」

言動に徳が何もない！

「本当に不可能です！　これ以上便宜《べんぎ》を図ってくれと言ってきたら、地元に帰ってメガーメガ神様が不正を計画したって広めますからね！」

「むむむ……これは打つ手がないですね……。撤退します……」

メガーメガ神様が消えると、部屋はまた元の暗さに戻った。

中立性のカケラもなかったな……。

ほかの選挙管理委員のところにメガーメガ神様が現れていないか、明日、念のため聞いておこう。


翌日以降も選挙管理委員を味方につけようという動きは遠慮なく行われた。

朝、選挙管理委員の部屋の前には大量のお菓子やらタオルやら贈答の品が並べられていた。

両陣営の魔族がここまで入り込んで、ものを置いていったのだろう。もはや信仰対象へのお供えみたいになっていた。ドアを開ける前にその荷物をどけるだけで時間を食った。

いくらメガーメガ神様でも、ほかの選挙管理委員などに声をかけることはなかったようで、そこはよかった。私の知り合いが選挙に迷惑をかけてるみたいになるのは申し訳ないからな……。

ただ、違う候補に投票する予定の魔族の夢にでも顔を出して、違うほうに投票しろと言っているかもしれない。とはいえ、選挙権を持つ相手のところに行って、この候補を応援してますと言うのは、普通の選挙活動の範囲内と言えなくもないので、大目に見よう。メガーメガ神様はドブ板選挙みたいなのが似合っている気もする。

私が雑務をやっている間に、選挙当日はすぐにやってきた。

投票会場を何箇所か上空からワイヴァーンで眺めたが、どこも行列ができていた。なんとしても自分の意思を一票に託したいらしい。

その様子を見終わったあと、私たちは選挙管理委員の部屋に戻った。

投票箱が各地から届けられてからが忙しくなる。投票数のチェックをするのは私たちだからだ。人員を増やしたいが、こんなところでどっちかの陣営に肩入れする奴が入ってくると大問題なのでそうもいかない。

「選挙に関心があるのはいいことだと思うけど、その関心の持ち方がズレてるんだよね」

「やむをえんじゃろ。大衆が適度に政治に関心を持ち、さらに妥当な判断を下せる社会など、過去にも未来にも存在せん。で、選挙に参加しすぎた結果が、この有様じゃ」

普通であることはとても難しいということだ。

やがて各所から投票箱が届きだした。

「やけに早いな。まだ昼過ぎなんだけど」

「農家ばかりが住んでるエリアは、地区の全員が早めに投票してしまうのじゃ。農家は早起きじゃからの」

「そっか。早くから集計できるのはありがたいや」

早速《さっそく》、箱を開封しよう。

「待て！　危険じゃ！」

私の手をベルゼブブが止めた。

「この投票箱は勝手に開けようとすると、魔法で電流が走る構造になっておる！」

「不正防止対策されてる！」

箱は一つずつ、専門の選挙管理委員の手によって、魔法で解錠された。

そこから投票結果を集計していくが、これは私たちの仕事だ。

候補者の数は少ないから、この作業自体は簡単だ――と私は最初考えていた。

「当選させてくれたら野菜を安くするって書いてある……。なんだ、これ……」

「余計なことを書いてるものは無効票じゃ。我々が決めたのではなく、法で決まっておるから容赦《ようしゃ》なく無効にせよ。温情で有効にしたりすると、こっちが悪者にされるのじゃ」

その手の余計なことまで書いてるものがけっこうある。中には「〇〇落ちろ」とか、敵陣営を呪《のろ》う内容のものもあった。

「呪っても一票にならないんだから、素直に自分の応援する候補の名前を書くべきでは……」

「理屈ではそうじゃな。じゃが、この村での選挙が祭りと同じなのは、おぬしも見てきたじゃろ。ちっとも冷静でない者がうじゃうじゃおる」

腑《ふ》に落ちないものを感じつつも、私は粛々《しゅくしゅく》と単純作業を繰り返していった。

投票箱によってどっちの票が多そうということはあるが、体感として二人の候補者の対決は互角《ごかく》に近い。

そういえば、村での応援の空気はどっちかが明らかに上ということもなかったし、投票数が伯仲《はくちゅう》するのは自然なことかもしれない。

投票数を数えるのは飽きてくるが、村の人口は知れているので、手に負えないという規模でもなかった。

何度も確認作業を行い――

ついに完全な結果が出た。

「ふう、じゃあ、これで選挙管理委員の仕事は終わりだね～」

今日はやっと仕事らしい仕事をした気がする。それまではゴリ押ししてくる村民に抗《あらが》うことが業務みたいなものだった。

「いや、これを発表してはじめて終了じゃ。まだ選挙管理委員会が結果を知っておるだけじゃからな」

「そりゃ、告知しなきゃ無意味か」

「というわけで、今から結果発表に向かうのじゃ」

◇

私たちは村の中心部に向かった。

もっとも、役場もほぼ中心部にあるので、移動距離はわずかなものだ。その割に時間がかかったのは、村民でごった返しているからだ。中心部の交差点の角二箇所にそれぞれの候補者の事務所が置かれている。まさに本拠地なのだ。

そんな交差点のど真ん中に朝礼台みたいな台が設置されている。

あそこで選挙管理委員会が発表を行う。

「これ、発表で暴動が起きたりするんじゃない……？」

「もしそうなったら次から選挙自体を中止にするだけじゃ。選挙管理委員のせいではない。それに魔族は強いので多少の暴動程度で死人は出ぬ。それと、選挙管理委員を攻撃してきたら、牢獄《ろうごく》にぶち込んでやるだけじゃな」

村の中心部に設営されている朝礼台みたいな台にベルゼブブは上がった。私は台の後ろからその様子を見守る。

ベルゼブブは拡声器のアーティファクトの前に顔を持っていく。

「今回の選挙結果は一票差でマスドの勝利じゃ！」

マスド陣営で「うわーっ！」「うおーっ！」という絶叫《ぜっきょう》が聞こえた。

これはとてつもない盛り上がりだ。この次元の盛り上がりって何にたとえればいいんだろう。前世のサッカーのワールドカップで自分の国が優勝したみたいな時に近いか。

一方、いちいち触れるのもかわいそうだが、ゴゴズ陣営は絶望に打ちひしがれていた。葬儀でもこんなに暗くないだろう。

「勝った側も負けた側もあまり気にしすぎぬことじゃ。勝っても負けても明日も生活は続いていくからの。それはそうと、せっかくじゃし、両候補はこっちまで来て何か話せ。村を一つにまとめるようなスピーチをするのじゃ」

ベルゼブブは態度こそ偉そうだが、やっていることは村の融和を図った、なかなか粋なものだった。

人口の少ない村でほぼ票数が半々に分かれたら、何かと気まずいことも多いだろうし。

両候補の事務所から正装した魔族が出てくる。彼らは支持者に囲まれながら、台のほうにやってきた。

ベルゼブブが下りるのと入れ替わりに二人の候補が上がった。

「皆様のご声援のおかげで見事当選することができました、マスドでございます。公約のとおり、農業の高収入化と次の世代の育成に力を入れてまいります。また、学校の整備も行い、ほかの地域の子供も通いたくなるようなものにしていきたいと思っております。人口減少対策として、空き家を村の費用で修繕し、移住希望者がすぐ住めるようにいたします」

選挙期間中は無茶苦茶だったが、候補者本人はかなりまともそうだ。

続いてゴゴズ候補も台に上がってきて、拡声器のアーティファクトの前に出た。

「自分の力不足で皆様のご期待に沿《そ》うことができませんでした。本当に申し訳ありません。農業の高収入化および次世代を育てる政策、学校整備計画、空き家リノベーションによる移住者歓迎プログラムなどは村長でない立場から目指していければと思います」

負けた候補も公約はちゃんとしてたんだな。これは接戦になってもおかしくない。

ん？　何か変なところがあるぞ。

あっ……そういうことか。

公約、ほぼ同じじゃん！

これだったら、どっちが勝っても同じだったのでは……。

「むむっ、今になって気づいたのですが、ゴゴズさんの政策と私の政策はあまり違いがありませんな」

「マスド候補も感じてらっしゃいましたか。実は自分も」

選挙を戦った二人も、公約が近すぎると気づいたらしい。

「あの、ゴゴズ候補、ここは副村長として村を支えていただけませんか？」

「そう、おっしゃるなら、微力ながら手伝わせていただきます」

両者が握手をした。

なんか、丸く収まった！

平和に解決するなら、それはいいことだ。

めでたし、めでたし。

——と思ったのだが、どうも空気がおかしい。

むしろ、先ほどまでよりはるかに殺気立っているような……。

「ふざけるな！」『何のために戦ってきたんだ！』『そんなんだったら選挙の意味ないだろ！』

村民がキレている。

選挙の意味がないという部分はまったくそのとおりだけど、それは公約を聞けば誰でもわかっていたことなのでは……。

「敵の公約をいちいち確認してなかった！」『実は同じだったのかよ！』『知らなかった！』

選挙が機能してない！

村民も選挙自体が目的化して、公約の確認とかしてなかったな。もっとも、じっくり内容を確認したりしてたら、あんなに選挙が盛り上がることもなかっただろうけど。

台が囲まれているのを見ていると、いつのまにか私のそばにベルゼブブが立っていた。

「さてと、長居は無用じゃ。ずらかるのじゃ」

「いろいろトラブルが起きてるみたいだけど、いいの？」

「選挙は適正に行われたのじゃ。こっちの仕事はすべて終わった。あとは村長や副村長らの仕事じゃろ。責任は持てんし、持つ必要もない」

ベルゼブブはさばさばしていた。

「後ろ髪を引かれる部分もあるけど、選挙が終わってからの政治に関与したら、それは選挙管理委員会じゃないか」

選挙管理委員たちはワイヴァーンに乗り込むと、次々にブワールの村を去っていった。もちろんそのうちの一人は私だ。

「また、村が落ち着いたら甘すぎるリンゴでも注文しようかな」

「そうじゃな、その程度のかかわりがよいわ」

中立を守るのは疲れるということを学びました。

橋を再建した

She continued destroy slime for 300 years

グオーッ！　ゴオォーーッ！　ブオーッ！

室内にいても容赦《ようしゃ》ない轟音《ごうおん》が聞こえてくる。

この世界に転生した直後にこんな状況だったら、早速《さっそく》世界が滅亡しようとしてると思っただろう。

「本当に避難できる場所があってよかったわ。こんな悪天候、植物にとったら地獄よ」

サンドラは窓の外を眺めながら、ため息を吐《つ》いた。

憂鬱《ゆううつ》と安堵《あんど》が半分半分といった感じだ。

今日の早朝からとてつもない嵐《あらし》がやってきて、このあたりも暴風圏に入っているのだ。昨日から風が強くなる兆候は感じられて、フラタ村では早目に店じまいするところもあったけど、大正解だったことになる。

「嵐が来ることもある。季節柄、十分にありうること。じっと備えて、通り過ぎるのを待つよりない」

シャルシャは落ち着いた調子で、巨大な百科事典を開いて関連項目を読んでいる。ベルゼブブが買ってくれた、とてつもないサイズのものだ。

今は家から出ることもできないので、インドアな過ごし方になる。

「こんな風が何日も続くことはないから、風でおうちが飛ばされたりしないかぎり問題ないよ～♪

でも、今回の嵐は地域によっては大変かもしれないね」

ファルファは紙に地図と風の向きを書いて、嵐の検討をしているようだ。専門的すぎて私にはよくわからない。

「大変ってどういうこと?」

私はファルファに尋ねる。

「風はすぐに過ぎ去っても、雨雲が行列みたいになって、同じ場所にかかり続けることがあるんだよ。すると、同じようなところに雨がずっと降ることがあるの」

ああ、前世でもそういうことあったな。特定のところに雨雲がずっと流れ込むことはある。線状降水帯だっけ。

それと、風台風と雨台風の違いというものもあった。台風でも風が問題のものと雨が問題のものとがあるのだ。雨台風だと、特定の場所にとんでもない雨が降ることがある。

「ずっと雨が降り続けると、被害が出る地域もあるかもしれないよ。このへんはそんなに雨は強くなくて風のほうが問題だけど。今もファルファだったら飛ばされるぐらいの風が吹いてるよ」

そのファルファの声がかき消されそうなほど風がうなっている。

「だね。みんなは絶対に家から出ないでね。ここは高原だから、浸水《しんすい》することも洪水が起きることもないし、崩れそうな崖もない。家が一番安全だよ」

「そうね。この高原は気温がちょっと低いけど、一度定着してしまえば、暮らしやすい気はするわ。なにより、避難できる場所があるのはいいことね」

サンドラは完全に植物視点で語っているな。もっとも、気温が低いこととか、そのあたりは動物にとってもだいたい同じなのだが。別に深海で生息している生物などではないので、価値観は近いものがある。

ハルカラも自分の部屋からみんなが集まっているダイニングにやってきた。

嵐でどうしようもないと判断して、朝食後、二度寝していたのだ。

「さっきよりきつくなってますね。こりゃ、今日は工場も休業決定です。連絡ができてないので、もしかしたら働いてる人もいるかもしれませんが、自宅待機しろと伝えることもできないので、あとになってから考えましょう」

これが現代社会ならずいぶんいいかげんな話だが、連絡手段がないのは事実なので、まさにどうしようもないのだ。

「ハルカラの故郷も嵐は来てたの?」

ハルカラの実家は「善《よ》い枝侯国《えだこうこく》」というエルフばかりの土地だ。この場合の侯国というのは独立国というわけではなく、エルフ中心の地域という程度の意味合いだ。実際、ナンテール州の中に侯国が入っているし。

エルフの土地にふさわしく、とにかく木が多かった。

「けっこう来てましたよ。なにせ大木が育つにはたくさん雨が降らないとダメなので、台風系のものはよく通過するんですよ」

たしかに雨がめったに降らない場所では大木も育ちにくい。

「強風で大木がぽっきり折れたりとか、そういうこともありましたね。エルフは木が倒れても安全な場所に住むようにしてるんで生活は大丈夫なんですけど、道路が倒木で封鎖されたりして、時々馬車が渋滞してました」

どこの土地も、その気候に関係した問題があるものだなと思う。

「そうそう。大木は風で倒れたりするのよ。私は最悪、土の中に潜ってどうにかできるけど、木だとそれも無理だしね」

「潜れるのはサンドラさんだけだと思いますが、背の低い植物は風に強いイメージはありますね」

「そうよ。太陽の光を背の高い木に奪われたりしがちだから、嵐の時ぐらい有利じゃないとやってられないわ」

つくづく、サンドラって植物として最強だな。動くことで、植物が持ってる弱点を消しているわけだからな。

「まっ、今日はみんな高原の家で待機だね。繰り返すけど、体の軽い子供は外に出ないように。言われなくても出ないとは思うけど」

ちょんちょんとハルカラが私の肩を小突いた。

「わたしも軽いですよ」

「どこで張り合ってるんだよ。ファルファとかよりは重いでしょ……。むしろ、ハルカラがファルファぐらいの体重しかなかったら、やせてるんじゃなくて飢えてるんだよ」

だいたい、かつて営業で各地を回って食べ歩きしてた人が今更体重にこだわらなくてもいいだろ。

太りすぎてなければそれでいい。

その時、壁からロザリーが顔を出した。

「姐《ねえ》さん、報告があります！」

さらに、ほぼ同じタイミングでライカも外から室内に入ってきた。

「アズサ様、面倒なことが……」

嵐ごときじゃ影響がない面々は自主的に家に被害がないか外から点検していたのだ。

とくにライカはこの家を建てた（厳密にはリフォームした）本人なので、保全義務があるという意識らしい。

嵐で危険があるかないかで言うと何もないと思われるので、好きにやってもらっていたのだが……。

「どうしたの!? まさか、家に穴でも空いた？」

この屋敷は木造部分が大半なので、何かぶつかればダメージも受ける。フラタ村の看板が飛ばされてきて家の壁にぶつかるといったこともありえないとは言いきれない。

「フラットルテがテンション上がって、遊びに行きました」


警報が出るとテンション上がる子供か！

「『うおー！ 嵐なのだー！』って笑いながら、ドラゴンになってどこかに飛んでいきやした……」

ロザリーの説明からその様子がありありと想像できた。

「風で飛んできたものにぶつかった程度でケガすることもないだろうから、別にいっか……」

――と、ただでさえ嵐で暗かった外がさらに暗くなったように見えた。

「何でしょう？　先ほど、外を見たかぎりでは黒雲は元からありましたし、さらに暗くなる要因はなかったように思うのですが……」

ライカも不思議そうな顔になる。

「非常事態《ひじょうじたい》ではあるし、念のため私も確認に出ていくよ。ロザリー、ついてきて」

「わかりやした！」

私はロザリーとともに外に出た。

周囲に変化はない。魔族の土地なら黒い霧に覆《おお》われた土地ぐらいあるだろうが、そんな霧が出ているわけでもない。

「フラタ村もとくに滅んだりはしていませんね。嵐の被害はあるかもしれませんが、漂ってる魂《たましい》が増えたりはしてないので死者は出てないはずです」

ロザリーは右手を目の上に当てて庇《ひさし》みたいにして言った。そんなろくでもないカタストロフまで想定してないが。それと、幽霊もやっぱり目で見ているのだろうか。

「魂《たましい》の状況で被害を確認したことはないけど、ある種、ものすごく確実な方法ではあるな……」

だとすると、深刻な異常は起きてないということになる。

嵐に巻き込まれている時点で異常ではあるのだが、家にも近隣の村にも被害がないなら、無事と判断して問題ないだろう。

でも、外が異様に暗いのは間違いない。こんな日にリヴァイアサンは空を飛ばないだろうしなと見上げて、理由を悟った。


大量のブルードラゴンが空を舞っているのだ。


嵐でテンション上がっていたのはフラットルテだけじゃなかった。ブルードラゴンという種族全体が嵐の日に出歩いてる！

「すごいですね……。あっちの空からまだまだ来ますよ。空がブルードラゴンで渋滞してますね」

そういえば、今になって気づいたのだけど、雨も強く打ちつけるぐらい降っているはずなのに、自分の頭にちっとも雨がかからないのだ。

これ、ブルードラゴンがフタの役割をして、雨が落ちてこない状態になっているんだな……。

「もしかして、嵐が来てもドラゴンに家の周囲をふさいでもらえば無害なのか。でも、ライカとフラットルテにはそんなことは頼めないな」

デカいんだから雨風に打たれながら、守ってくれというのは身勝手だろう。

「ほかのドラゴンを雇《やと》うことは理論上は可能ですけど、それもフラットルテの姉御やライカの姉御とトラブルが起きそうな気はしますね」

「そうだね。ドラゴン同士が家の近くでケンカするほうが、嵐よりはるかに怖いからこの案は撤回」

ブルードラゴンの叫《さけ》びや笑いが空の上から聞こえてきたが、全体的に楽しそうだった。

嵐も非日常の一つであることには違いがないし、非日常は騒ぎたくなるものなのだ。

◇

嵐は高原の家とその周辺の地域にはたいした被害をもたらさなかった。

もっとも、被害がたいしたことないというのは、あくまでも私の主観だ。

フラタ村では看板が落ちた店があったし、窓が壊れたところもあった。ナスクーテの町でも似《に》たようなもので、一部では影響はあった。

だが、家が飛ばされたとか、人が消えたとかいった、取り返しのつかないものは起きていない。

高原の家は菜園にどこからか飛ばされてきた葉っぱが散らかっていて、見た目だけは相当悪くなっていたが、おおむね平気な範囲だ。

我慢《がまん》できる範囲のことと言っていいだろう。

なお、この平気というのは私の主観ではなくて、サンドラが菜園の植物から聞いた話なので事実である。


嵐から二日後、その日もよく晴れていた。嵐がウソのようないい天気だが、嵐のせいで大気中のホコリが消えて余計に快晴に感じるわけで、これも嵐の影響の一部なのだ。

せっかくなので、朝食を終えると、丘のほうに出て体を伸ばす。

嵐の時は太陽をまったく浴びてなかったから、ちょっと多く浴びるぐらいでもいいだろう。

すると、丘の下から誰《だれ》かがやってきた。

狐《きつね》耳の獣人とペンギンみたいな見た目の何かなので、よく目立つ。


ホルトトマさんとプロティピュタンだ。


大道芸でもやってるのかというような大きな荷物がホルトトマさんの背中に見えた。これも修行の一環だろうか。

「托鉢《たくはつ》修行中ですか？」

「そうだポー」

プロティピュタンのほうから投げやりな返事が来た。

この二人は、プロティピュタンを神格として鍛《きた》えるために各地を回る修行をしている。プロティピュタンが納得しているかは不明だが、ホルトトマさんに逆らうことはできないらしい。

神格より僧侶のほうが圧倒的に力関係で上というのもおかしい気がするが、別にホルトトマさんはプロティピュタンを神として信仰しているわけではなく、信仰にたる存在にしようとしているだけなので矛盾《むじゅん》はない。

「嵐で足止めを受けました。ちょうどアズサさんの家がこのへんにあると聞き、足を延ばした次第です」

ホルトトマさんが手を合わせながら言った。これは昔の宗教のポーズらしい。

正直なところ、この二人組と出会うのは少し怖い。もっとも、怖いのはホルトトマさんだけだが。

半強制的に修行をやらされるおそれがあるのだ。宗教家としては押しが強いタイプである。

「お茶ぐらいは出しますが、修行はしませんよ。こっちにも都合がありますから」

とくにスケジュールは埋まってないが、たんに都合があるとしか言ってないので、ウソではない。

これから用事があると言ったらウソになるけど、都合は暇《ひま》な人間にでもあるので、セーフなのだ。

「ええ。そのようなものに参加させる気はないのでご安心ください」

また手を合わせてホルトトマさんが言った。

だったら、まったく問題ない。

「じゃあ、どうぞ、どうぞ」

なんだか荷物も重そうだしな。大きい布の袋をホルトトマさんは背負っている。

室内に入って袋を置く時も明らかに重そうだった。ホルトトマさんは重いからといって、不平を言ったり音を上げたりしないが、大変な旅路なことは察しがつく。

お茶を出すと、ひときわ丁寧《ていねい》な礼をされた。

プロティピュタンは猫舌らしいので、冷めているお茶を出した。この世界だと、プロティピュタンみたいな生物はほかに一人も存在しないので、ある意味、生態が一つ明らかになったとも言える。

「今回の嵐は大変だったポー。何度か飛ばされそうになったポー」

飛ばされそうになるプロティピュタンの姿はちょっと面白《おもしろ》い。

「長い旅路なのですから、そういったこともあります。苦しみも自分を鍛える原因の一つと思えば耐えることもできます」

ホルトトマさんがそう言って、手を合わせて頭を下げた。何に対して頭を下げたのかは謎《なぞ》だが、何かに感謝して困ることはないからいいだろう。

「旅はきついけど、対価もあるからどうにか耐えられなくもないポー。やっとプロティピュタン教を軌道に乗せる手前ぐらいまでは来た気がするポー」

前はプロティピュタン教って名前をホルトトマさんに勝手に決められて抗議していたが、どうやら受け入れたらしい。

あの時も、勝手に決められたことに文句《もんく》を言っていただけで、自分の名前が宗教につくことはまんざらでもないんだろう。

「ところで対価って何なの？」

「ずばり、カネだポー」

「ずばりすぎて、なんか嫌だな！」

先立つものは必要とはいえ、あまりお金を強調しないでほしい。

「ほら、あの布の袋に入ってるのはほぼ全部銀貨だポー。托鉢で集めたお金を銀貨に両替したんだポー」

なるほど、それは重いはずだ。

「一つ一つの寄付額は小さなものですが、それがたまれば大きなお金になります。すべては皆様の好意の賜物《たまもの》です。ありがたいことです」

これは感謝すべきことなので、胡散臭《うさんくさ》い言葉でもどんどん言ってもらいたい。

「ホルトトマを見て、けっこう大きい額の寄付をする奴《やつ》もいたポー。想定より多く集まったポー」

やはり真剣な人には、誰しもそれに応《こた》えたくなるんだな。

「アズサさんもよろしければ、ご寄付を」

「えっ？　お茶を出してることがある種の寄付じゃないの……？」

お金に困ってるわけじゃないけど、お茶を出してお金をとられるというのは、なんか腑《ふ》に落ちない面があるな。

「百ゴールドでも、十ゴールドでもけっこうです、それで神との結縁《けちえん》になります」

神との縁を結ぶと言っても、プロティピュタンだしなあ。面識ある時点で縁はあるわけだし。

私はちらっと、ペンギンに似た生物のほうを見た。

「どうせ、こいつだしなあという顔をしたポー！　無礼だポー！　親しき仲にも礼儀ありだポー！」

「ごめん、ごめん。百ゴールドあげるから許して」

「それはそれで百ゴールドで黙らされてる気がして納得しがたいポー。しかも、たかが百ゴールドだポー」

「気持ちはわからなくもないけど、つまり、感情の問題を金額で換算すると話がこじれるってことだよ。そっちもお金を強調しないように気をつけてね」

「そういうことです。大切なのはあくまでも気持ちです。金額の多寡《たか》は問題ではありません。それにお金でなくてもいいのです。オレンジ一個でも立派な布施《ふせ》になります」

はっきりとホルトトマさんが断言した。

本当はお金がほしいのに形式上、こんなことを言ってるのではなく、本心からこう思っている。それは表情でわかる。

ただ、オレンジ一個でも布施になるんだったら、やっぱりお茶出した時点でOKなんじゃないかという気はするけど……大人げないから言わない。

ホルトトマさんは私が面識ある人の中でトップレベルに心が清らかな人だ。

もっとも、心が清らかなのと、他人に優しいことはまた別なので、厳《きび》しいことを他人に要求してくるのだが……。

過去の名僧にも厳しい人は大量にいただろうし、矛盾することではない。聖人は優しくないといけないなんて決まりはないのだ。

「とはいえ、先立つものは必要だポー。この百ゴールドも寺院設立のための費用にするポー」

プロティピュタンは百ゴールドを重そうな布の袋に入れた。

「おっ、ついに寺院ができるんだ」

「そこまで立派なものは難しいポー。でも、二束三文で売られている土地を買い取って、小屋に毛が生えた程度のものは作れそうだポー。そんなものでも第一歩ではあるポー」

幸せそうな顔をしてプロティピュタンは語った。

どうやらあこがれのマイホームを手に入れるみたいな意味のことらしい。

そりゃ、初の寺院建立《こんりゅう》となれば、神格としてはうれしいか。

「寺院ができたら、魔法僧正経験者のアズサも呼ぶポー」

「魔法僧正になる気はないけど、一回ぐらいなら顔を出してもいいよ」

「寺院を建てるのはあくまでも布教の利便性向上のためですがね。寺院建立そのものが目的になっては教えを説く者として失格です。まして救いを説いて金儲《もう》けに走る者などは永遠の闇《やみ》を彷徨《さまよ》い、業火《ごうか》に焼き尽くされても文句は言えません」

「罰がエグいな……」

比喩《ひゆ》なのはわかるが、そこまで言わなくても。

「職業というのはどんなものであれ、何かの役に立つものです。誰かを困らせるだけの詐欺師や泥棒は職業とは呼べないでしょう？　訳あって働けない人もいるでしょうが、教えを説く立場になっているからには、人を救おうとしなければならないのです。そこを忘れてお金を集めようとばかりするなら、それは詐欺師と大差ないのです」

やっぱり、まともだ。

ブッスラーさんやミスジャンティーあたりに聞かせたい言葉である。

その時――いきなり私のいる部屋がまぶしい光に包まれた！

「なんだ、これ！」

思わず目を閉じて、また目を開いた時には――そこにメガーメガ神様がいた。

「こんにちは。今なら顔を出していいかな～と思いまして登場しました～♪」

「本当に何の脈絡もないですね……」

そんな私の話も聞かずにメガーメガ神様は残りの二人にあいさつをしていた。

ホルトトマさんは丁重に礼をしている。そういや、メガーメガ神様はゆるい性格をしてるといっても神様だからな。

面識があるプロティピュタンのほうはまた変なのが来たという顔をしていた。そんなに間違ってない。

「それで、メガーメガ神様、今回はどういう用件ですか？」

「おや、アズサさん、今日は珍《めずら》しく積極的ですね」

「もったいぶって説明されると、より断りづらくなるので、先に聞いておくわけです」

「むむ、小賢《こざか》しいですね……。でも、こうやって助けを求める私も小賢しいので同類です！」

メガーメガ神様がサムズアップした。

自分を小賢しいと認めるのは神としてどうなのか。

「小賢しいと言った手前、追加で言いますけど、今回困ってるのは私ではないんです。困ってるのはニンタンさんです」

だとすると、広義の人助けか。厳密には神助けだけど。

「ここも嵐が通り抜けた土地だと思いますが、なかなかひどい天気だったでしょう?」

「はい。ああいう悪天候になるのは珍しいんですけどね。今回は影響がありました」

「それで、ああいう嵐って南方の海で発達して上陸してくるので、南の陸地によく上がるわけです」

このあたりはなんとなくわかる。台風が南の海でできるのと似た原理だろう。

「それで、ベーティア神殿という有名なニンタンさんの聖地へ向かう大きな橋が壊れましてね。みんな困ってるんですよ」

メガーメガ神様は地図と絵をテーブルに登場させた。

原理はわからないが神の奇跡でどうにかしたのだろう。

ベーティアというのは大河の中州にあたる小さな島のようだ。そのうち大河の一方からだけ橋がかかっている。絵のほうはその橋を描いたものだ。大きく湾曲《わんきょく》した橋なので、絵の題材には向いてそうである。

ホルトトマさんとプロティピュタンもテーブルをのぞき込む。

「この橋が壊れたということは、大雨で増水した川に流されたとか?」

「大正解です! まさにこの地域で大雨が降り続きましてね、川の真ん中で橋を支えている柱が折れて、くしゃくしゃになってしまいました」

これはたしかに大変だろうなあ。この世界には重機があるわけでもないし、復旧に時間がかかりそうだ。ドラゴンみたいな力持ちが協力すれば案外早く終わるかもしれないが、それでも、かなりのお金はいる。

「で、メガーメガ神様は私に何を望んでいるわけですか？　修復の手伝い？」

「いえ、それはけっこうです。しかも、それをやると、いろんな場所が味をしめてアズサさんを呼びまくるおそれがありますし」

たしかに自分から無用な目立ち方はするべきじゃないな……。

メガーメガ神様は募金箱のような白い箱、というかまさに募金箱を出した。

「橋の修復費用のお金集めをしようと思いまして。いわゆる『かんじん』というやつです」

「かんじん？」

「勧進《かんじん》です。寺院や神像を作ったり修理したりするための費用を人々から募る行為のことです」

ホルトトマさんがすらすら説明してくれた。まさに本職だからな。

「つまり復興のための募金活動か。それなら、少額だったら払いますよ」

「はい、それでけっこうです。あくまでも、ニンタンさんの神殿の話だから、あんまり私がでしゃばりすぎるのも問題ですけど、ちょっとずつお金を集めるぐらいならいいかな～と。長い付き合いですしね」

いい話だなと思って、ついつい流して聞いてしまいそうだったけど、さほど長い付き合いではないだろ。いちいちツッコミ入れないけど。

「この橋、ベーティア島の島民の生活道路でもありましたしね。神殿のためだけなら、川の対岸から拝めばいいじゃないですかと言えるんですが、困ってる人はなかなか多いんですよ」

これは純粋な善行だな。じゃあ、千ゴールドほど募金しようか。

こくりとホルトトマさんもうなずいた。

彼女も寄付をするらしい。性格上、やらないわけがないか。

橋がなくて困ってる人のために、橋の再建費用を出すというのは、直接的な人助けだし。

ホルトトマさんは置いてあった布の袋を持ち上げた。銀貨が大量に入ってるはずのものだ。銀貨数枚を寄付するということか。

だが、ホルトトマさんは布の袋全体を持ち上げて、メガーメガ神様の前に下ろした。


「これを全額寄付いたします」


気前いいな！

「えっ？　こんなにいいんですか？」

「かまいません。どうせつまらないことに使う予定だったお金です。お金がなくても、人に教えを説くことは可能ですから」

そう言って、ホルトトマさんは合掌のポーズをとった。

とことん、お金に執着がないな。

あれ、でも、このお金って……。

「ふ、ふ、ふ、ふ、ふざけるなポー！」

プロティピュタンが叫んだ！

「それは寺院建立のための大切なお金だポー！　全額出すってどういうことだポー！」

そうだ。これはプロティピュタン教初の寺院を建てるお金だったはずだ。

そのお金が突然消滅するなら、ちょっと待てと言いたくなるのもわからなくはない。

「寺院を建てても人は救えません。しかし、壊れた橋を再建すれば助かる人が大勢います。救えるほうを選ぶだけのことです」

「そんなこと言ってたら、人助け以外で何もお金を使えなくなるポー！」

「ここで数枚の銀貨を出して寺院を建てたところで、橋の再建には出し渋ったお金で建てた寺院と陰口を叩《たた》かれます。そんな寺院では誰も救いにありつけるとは思いません」

「そんなんこっちから言わなきゃ、わかるわけないポー！　こういうのは気持ちが大事であってお金の額はどうでもいいポー！」

さっき、あなた、たかが百ゴールドって発言したけどね。

今、それを言うのは意地悪だからやめておくけど。

全額を出すのはやりすぎだという気持ちはわかるしな……。

けれど、ホルトトマさんは首を横に振るだけだ。

「困っている方を目にして、このお金の詰まった袋を背負って、托鉢の旅を続けるのはおかしいでしょう。これが正しいことなのです」

「ニンタンや橋が流された島民がここにいるならともかく、メガーメガなら困っている奴の代理だポー！　善意が強すぎて怖いポー！」

と、ホルトトマさんが右手を振り上げて、

「喝《かつ》っ！」

プロティピュタンをぶった！

「痛いポー！　神に準じた存在を叩くとか、罰当たりだポー！」

「黙りなさい！　神であろうと何だろうと蒙昧《もうまい》の存在なら許しません！　誰かの救いになれてよかったと考えるべきなのです！　托鉢で集めたお金すら放擲《ほうてき》できずに人を救うことなどできますか！　それ以上言ったら、破門です！」

破門って、神格側に対して使えるカードなんだ……。

しかし、プロティピュタンはそう言われるとおとなしくなってしまった。

耐えるしかないという態度だ。

「ホルトトマのやってることは無茶苦茶《むちゃくちゃ》だポー。でも……でも……こいつぐらい無茶苦茶な信念で動いてる奴がいないと宗教を打ち立てることなどできないポー……。普通の人間や魔法僧正が集まって新しい宗教スタートしますと言っても、誰もついては来ないポー……」

そういう面はある。すでに組織としてできあがっているなら、折衝《せっしょう》だけがやたらと得意という人でも維持できるだろうが、組織を作るとなると、もっと強い個性がいる。

プロティピュタンも自分がちゃんとした神格として信仰されるためには、ホルトトマさんと一緒でないとダメだと考えているのだろう。

「よろしい。あと、寺院を建てることを目的として托鉢はしないようにしてください。教化の拠点は農具倉庫でも馬小屋でも何でもいいんです。大切なのは教えを説く者がいるかどうかです。どんな立派な神像があっても、それがどんな神か誰一人知らないのではどうにもならないでしょう？」

プロティピュタンがうなずいた。

宗教をやるのって大変だな。

まして、新しい宗教をはじめるのは面倒事も多そうだ。

「というわけで、橋のためにこのお金は寄付いたします。どうぞ、お納めください」

「ありがとうございます！　これで修復費用の百分の一ぐらいにはなると思います！」

プロティピュタンの顔から表情が消えた。

機械の電源を抜いたみたいな反応だった。

「え、え、え？　たったの百分の一ポー？」

「そりゃ、大きな橋の再建費用ですからねー。とんでもない額になりますよ。だから困ってるわけで。家を一軒、二軒建てるぐらいの額なら、ニンタンさんの神殿が持ってる貯《たくわ》えと信者の寄付ですぐに集まりますよ」

「だったらあの銀貨も誤差みたいなものポー！　返してほしいポー！」

プロティピュタンが手の部分をパタパタさせた。かなり焦《あせ》ってるな。

「いえ、もう私という神の元にこのお金は届いてしまったので、お返しすることはできません。このお金は神の世界のものであって、俗世のものではないですからね」

「こっちも神みたいなものだポー！　返せポー！」

後ろからホルトトマさんがプロティピュタンを押さえた。

「意地汚いです。諦《あきら》めなさい。渡したお金をやっぱり返却しろと言ってくる神格なんてどこの世界にいるんですか？」

「でも、でも！　焼け石に水の額だったらこっちで使いたいポー！　ちょっとした休憩所みたいなものなら、あの額でも建てられたポー！」

「逆に考えてください。あれぐらいの額だったら、また托鉢で集められるんです。無心で修行をしていれば自然と貯まります」

「く、くぅ……」

声にならない声をプロティピュタンはあげた。

橋が流されたことで、全然関係ないところにまで不幸が連鎖した。

「さて、アズサさん、橋のために大規模な勧進活動をしなきゃいけないわけですが、何かいい伝手《つて》はないですか？」

神様が伝手を聞いてくるの、おかしいのではという気がするが、お金の問題ってまさに世俗のこ

とだから、わからないのもしょうがないのか。

「こういうのって大々的にお金を集めないと、それこそ寄付という善意だけに頼るのでは限界があるんですよね～。宗教の維持も大変ですよ～」

メガーメガ神様の言葉は托鉢の旅を全否定しているみたいだが、そりゃ、大土木工事の費用が数人の托鉢でまかなえるわけがないのだ。スケールが違う。

「お金のことにうるさいご近所さんならいるな」


私とメガーメガ神様は喫茶「松の精霊の家」に行った（ホルトトマさんとプロティピュタンはまた旅立っていった）。

もちろん、ミスジャンティーに会うためである。

「いろいろ仕込み作業をしてる時間に来られるのは迷惑っスが、メガーメガ神様にはお世話になっていることもあるので、話は聞かせてもらうっス」

フラタ村のメガーメガ神様の神殿は、実質、ミスジャンティー神殿と一体化している。敷地としては隣り合っているというか、神社の敷地にほかの神社があるような形なのだ。元からあったのはミスジャンティー神殿なのだが、半分乗っ取られたような形になっている。

それでも、コンビニの横にコンビニが置かれたみたいな熾烈《しれつ》な争いにはならず、むしろ集客力の高い神殿があるとそばの神殿も助かるので共生できているようだ。

メガーメガ神様が簡単に経緯を話した。

「なので、効率的にお金を集めたいんですよ」

神様が言ったら違和感のあるセリフだが、あくまでも神殿へかかる橋を造るためである。しかも、ほかの神の神殿だから助け合いの精神も絡《から》んでいる。

「わかったっス。それだけ多額の金を集めるとなると、善意だけに頼っては無理で、お金を出して買いたいと思うものを用意する必要があるっスね。もちろん、この商品の収益が寄付にいきますってアピールすること自体は商品を買いやすくするのでいいと思うっスが」

ミスジャンティー、思ったより真面目《まじめ》に取り組んでくれそうだな。

「集まったお金の一部を協力金ということで、ミスジャンティー神殿に分けてもらえるなら、手伝わせていただきたいっス」

「そこはお金とるんですね。それでも、お金が集まるならいいですよ」

さすがにタダで協力しろと言うわけにもいかないし、これぐらいなら強欲とは言えないだろう。

「じゃあ、ミスジャンティー、いい案が浮かんだら連絡してあげてね」

「一案ならあるっスよ」

「思いつくの、速っ！」

まるで話す前から知っていたような速度だ……。

「お金になるアイディアは常にいくつも持ってるっス。ただ、たいていのものは状況が合わないと使えないっス。今回は状況がちょうど合って、使えそうなのがあるっス」

ミスジャンティーはメガーメガ神様にとある許諾《きょだく》の確認をお願いした。

「神様を使用してＯＫかどうかは神様であるメガーメガ神様から頼みたいっス。私では会うことすらできないっス」

「じゃあ、やっておきますね。参加しないという方がいたら連絡します。それと、あの人から来るとは思いませんが、ニンタンさんが何か聞いてきてもシラを切ってくださいね。できればサプライズで橋を直してあげたいので」

そんなことをサプライズでやったら業者同士で工事計画がかぶるとかいろいろ問題が出そうだが、どうにかするんだろう。

「はい。こっちはこっちで必要な食材を遠方から輸入する手順を進めておくっス」

信仰対象としてはゆるすぎる二人はかなり意気投合していた。

性格の合う・合わないってどんな立場でもあるんだなと思いました。

◇

しばらく期間が空いたあと、私は喫茶「松の精霊の家」に顔を出した。

「計画の動きはどう？　上手《うま》く進んでる？」

「はいっス。メガーメガ神様から各種神様を商品に使っていいかどうか聞いてきてもらったので、もう計画は具体的に動いてる段階っスよ」

それはよかった。お金を集めることに関してミスジャンティーは手を抜かないというか、むしろグレーなところにまで踏み込むぐらいなので、歯車が嚙《か》み合《あ》いさえすればいい感じに動くのではないか。

「ところでさ、神様の商品ってどういうこと？　ぬいぐるみとか人形でも売るの？」

人形というとフィギュアみたいだが、つまり神像のことだ。

それを堂々と神様の許可を得て売るなら、相当な高値で売ることもできるのではないか。

ただ、それだとミスジャンティーの専門分野とは一切《いっさい》関係ないけど。

ミスジャンティーは手を横に振った。

「全然違うっス。もっと薄っぺらいものっス。むしろ薄っぺらくないとダメっス」

薄くないとダメなものって何だろう。たとえば、紙とか？

ミスジャンティーはなにやら紙を重ねたものを持ってきた。

えっ、本当に紙？

「これは神様カードのイラストやデザインの案っス」

「カードを作るのか！」

「そういうことっス。カードなら集めたいと思うっスからね。場所もとらないので置き場がない人でも安心っス。収集のために商品をたくさん買ってくれるので自然とお金も集まるという算段っス」

コレクター気質を刺激するという意味では間違ってないのかもしれない。

「信心深い層にたくさん売るっス。どの神の絵もいい画家に任せるっス」

この言葉だけだと詐欺師みたいだけど、やろうとしてることはトレーディングカードを作ること そのものだ。許可を得た神のものを作るなら違法性もない。

「じゃあ、カード販売に乗り出すんだね。今回は食品とは関係ないんだ」

またミスジャンティーは手を横に振った。

「そんなことないっス。お菓子《かし》のおまけとしてカードをつけて売るっス。そのお菓子の試作品もすでにあるっス」

また、ミスジャンティーは自信たっぷりに何かをお皿に入れて持ってきた。

そのお皿の上にはなつかしい食べ物が載っていた。

「これは、ポテトチップス！」

どっからどう見ても、バリボリ食べるあのお菓子だ！

「おっ、ご存じっスね。遠方からジャガイモというイモを取り寄せて、それをスライスして高温でフライにしたっス。これのおまけとしてカードをつけるっス」

前世でも野球だとかサッカーだとかでこういうの、売ってたな。

「ところで、なんでポテトチップスを選択したの？　このあたりでなじみのある食べ物でもないし……」

「このポテトチップスなら、子供でも大人でも食べたいと思うっス。それにお昼のおやつでも、酒

のつまみにも、なんなら夜ふかししてる時間でも食べたくなる味っス。いろんな時間に食べたくなる食品にカードをつければ広く売れるっス」

「たしかに！」

もし野球選手のカードが饅頭《まんじゅう》についてたら甘いものがダメな人は買わないだろう。お店の惣菜《そうざい》にセットでカードがついていても子供は集める機会がない。

ポテトチップスの付属品でカードをつけるというのは意外と理にかなっているのではないか。

「商品には堂々と神公認と書くっス」

「それで信仰のアイテムの一つということを示すわけだね」

「それもあるっスが、役所も課税しづらくなるっス」

「なかなか生々《なまなま》しい理由だった……」


その後、神様カードポテトは無事に発売にこぎつけた。

有名な画家たちが描いた神のカードが各地の都市に送られ、ポテトチップスのほうも一緒に運ばれたり、現地で作られたりした。

こんな商品がはたして売れるのか、肝心《かんじん》の部分が私には全然わかってなかったが、売り出してみると好調どころか爆発《ばくはつ》的に売れた。

購入者のアンケートをとった店によると、購入理由の大半は「神様のカードを集めたいから」だという。

この世界はおそらく前世より神様に対する人気や注目度が高いので、カード化すると、できるだけたくさん集めたいとか、自分の信仰する神のカードがほしいという層がしっかりいたらしい。

さらに、子供のおやつとして購入する人も一定数いた。どうせならおまけのカードがついてるほうが喜ぶかららしい。おまけ効果は絶大だ。

商品の人気によって、ジャガイモも全国に運ばれているという。

これ、一気にジャガイモが全世界に普及したりするのではないか。

こういった話はメガーメガ神様がやってきて、向こうから教えてくれた。私はあくまでもミスジャンティーを紹介しただけで、プロジェクトの責任者でも何でもないのだが、間を取り持ったということで話してくれるらしい。

今のところ、順風満帆《じゅんぷうまんぱん》としか言えない状況だし、とてもいいことだ。


しかし、発売からしばらくたつとまずいことが起きた。

ある日、メガーメガ神様とミスジャンティーが私のところに来た。

「アズサさん、何か知恵を貸してくれませんか？」

「このままだと神様カードポテトが批判にさらされるっス。それは今後の展開を考えた時に困るっス」

調子がよすぎたようだし、どこかに落とし穴があったたか。

「私がそんないい解決策を出せるとは思えないけど、話だけなら聞きますよ」

「人気が過熱しちゃって、社会問題になってるんですよ～」

ということはカード泥棒でも発生したのかな。

カードは軽くてかさばらないし、泥棒側からすれば絶好のターゲットになる。

あるいは、神全体の品位を下げることをするなと、協力してない神から文句でも出たか？　ニンタンが徳スタンプカードに怒ったように、余計なことをするなという意見が出てきても不思議はない。


「神様カードポテトを大量に買って、ポテトチップスのほうを捨てる奴が出てきてるっス！」


「たしかに社会問題っぽい！」

「『食べ物を買って、食べずに捨てるなんてふざけてる。売ってる側も対策をしろ』と言われてるっス……」

「それはそうだ。まっとうな状況ではないよなあ……」

「販売停止になると困るので対策を施さないとダメっス。どうすればいいっスか？」

いい解決策を出せないと言ったが、本当に私じゃどうしようもない話だった。

「そうだね……。アレンジレシピを開発して広めるぐらいしかないんじゃない？　炒《い》り卵の上に砕いたポテトチップスをかけたら、けっこうおいしいかも……」

「根本的な解決になるかはわからないっスが、やってみる価値はあるっスね。こういうのは対策をしているというポーズが大切っス」

神様がたくさん協力してる商品であまり言うべきことではないぞ。

「ほかには何かありませんか？　各地で食べ物の破棄をしてる人がいて、神のほうで罰を与えられる数を超えてるんですよ」

「神の罰……それを強調してみるのはどうですか？」

「アズサさん、ナイスアイディアです。早速、取り入れましょう」

こうしてポテトチップスの商品の裏にはこんな文言《もんごん》が追加されることになった。

よいこのみんなへ
カードがめあてでも
おかしはちゃんと食べてね。
食べずに捨てると
かみさまのばつが当たるよ。
でも、たくさん一気に
食べると胃もたれしたりして
けんこうに悪いから、
少しずつ食べてね。
かみさまより

こんなので食べずに捨てる奴の数が減るのかはわからないが、はっきり商品側が警告してるわけだし、子供が捨てていても親が注意しやすくなったことは確かだ。そこから先は家庭の問題なのでどうにかしてほしい。

ポテトチップスを食べずに捨てるなという話題が広がったおかげで、おおっぴらに捨てる奴は減りそうで、この問題も沈静化しそうだ。

なお、我《わ》が家にも試供品のポテトチップスが大量に送られてきているが、砕いてサラダに入れたりして使っている。これはサラダのアクセントになっており、なかなか好評だ。

もっとも我が家の場合、ドラゴン二人がいるので、食べきれなくて捨てるなんてことは、どっちみちないけど。

ポテトチップスはとくにライカのほうが好みで、たまにバリボリ食べている。

カードだけ残してお菓子のほうが捨てられる問題も大きなつまずきにはならずに、商品は安定軌道に入った。

そして、橋の再建費用も捻出《ねんしゅつ》できるようになったらしく——

◇

私はベーティア神殿にかかる橋の再建記念式典に来ている。

地元の人たちと神官を中心になかなかのにぎわいだ。

といっても、私はあくまでも一般客だ。外から見える形で何かをやったわけじゃないからね。それは私の近くにいるメガーメガ神様もミスジャンティーも同じだ。

島にかかる橋の真ん前に式典会場が作られているが、私たちはその会場を遠くから眺める程度の離れたところにいる。

喫茶「松の精霊の家」は寄付金額が大きくて功績があったということで、従業員の神官が店の代表としてニンタン神殿から表彰を受けている。

「無事に橋ができてよかったね」

「そうっスね。神様カードポテトの売れ行きは購入者がある程度収集し終えたりして、収束してきたっスが、できればカードの種類を変えたりして、今後も売り続けていきたいっス。なかなかの稼《かせ》ぎになるっス」

「あんまり営利目的に走るとストップがかかるだろうから、気をつけてやってね」

今回、最大の功績があるのはミスジャンティーだから、度が過ぎなければ許されるだろう。そのうち度が過ぎそうだが、その塩梅《あんばい》はミスジャンティーが決めることである。

「このカードシステム自体は布教にも役立ちますし、儲けすぎないように注意して、私も活用していこうと思います」

メガーメガ神様も得るところがあったなら、いいことだ。今回はメガーメガ神様も友達のためという完全な善行をやっていたと思うし。

と、私たちの真ん前に、また神が出現した。

ニンタン。

このベーティア神殿で祀《まつ》られている本人だ。

「いやあ、今回ばかりはメガーメガにも素直に礼を言わんといかぬな。まさか、神のカードをつけて売り出すとは思わんかったが……」

「なんだ、そんなところからバレていたんですか」

「こんな大々的に商品を売り出して、その売り上げがどんどん橋の再建費用として寄付されれば誰だってわかる。それに、商品にも売り上げは橋の再建に使うと書いておったぞ」

つまり、言ってはいないが、隠してもいないという状態だったということだ。

そりゃ、誰にも知られないように寄付するのも難しいし、まして隠す相手は神様なので、隠せるわけがないのだ。

ニンタンが私たちのほうに顔を向けた。

「それと、アズサ、あと、ミスジャンティー、お前たちにも世話になったな。ここの橋が落ちたままじゃと面倒が多くてな。不便も解消されたわ」

「私は本当に何もしてないに等しいから、ミスジャンティーを褒《ほ》めてやって」

「ミスジャンティー神殿としても利益《りえき》があったので、こっちがお礼を言いたいぐらいっス」

ミスジャンティーはいい笑顔をしているので、かなりガチで利益が出たのだと思う。ミスジャンティー神殿は神官が兼業で働かないといけないような状況だったはずなので、それが改善されるならよいことだ。

「小さな分院なら、ここの神殿の敷地を分けてやるから建ててもよいぞ」

「マジっスか！　ありがたいっス！」

喜びの声とともに、ミスジャンティーが両手を振り上げた。

「それと、もう一人、敷地を分けてやらんといかんな」

ニンタンは再建記念式典のほうに視線をやった。

今はベーティア神殿の神官がなにやら読み上げている。飛ばすわけにもいかないけど、じっくり聞いてる人もほぼいない時間である。

「ああいうのって、しゃべってるほうもどうせ聞いてる人、少ないんだろうなって思ってるんだろうな」

「いちいち言ってやるな。そういう仕事も世の中にはあるものじゃ」

と、神官が「ホルトトマさん、出てきてください」と言った。

しばらくしてホルトトマさんが壇上のほうにやってきた。

ホルトトマさんも式典には招待されていたようだが、ここで名指しされるとは考えていなかったようだ。頭に疑問符がついたような表情をしている。

「貴殿は托鉢で稼いだお金を、橋が落ちて再建費用がかかると聞いた直後に全額寄進されましたね。その話はほかの方から聞き及んでいます」

「それは……事実ではありますが、このように褒められるためにやったことではありません。困っている方のために使わないなら、托鉢でお金を集めた意味がありませんから……」

ホルトトマさんは相変わらず立派なことを言ってるが、注目を浴びているせいか、少し声が上ずっている。

「そのお金は貴殿が信じる宗教施設を建てるためのものだったそうですね。当初の目的の場所とは違うと思いますが、ベーティア神殿の敷地の一部を与えましょう。そこで庵《いおり》でも建てて、あなたの信仰に励んでください。建物を建てる人手もこちらで出しましょう」

「それは真《まこと》ですか？」

「ニンタン様からの天啓があったのです。そのとおりに伝えなければ、ニンタン様に仕える者として失格です」

おお！　これは粋《いき》な計らいだ！

「あのホルトトマという者は貯めた金を朕《ちん》の神殿にかかる橋のために迷いなく手放した。朕を信仰してないとしても、朕のために功績をあげた者には違いあるまい。ならば、見返りは与えてやらねばな」

ニンタンは気前よく笑っていた。


しばらくすると、ホルトトマさんがプロティピュタンを連れて私たちのいるところへやってきた。

神様は一般の人間の目には見えないので、ほかからは私がぽつんといるように映ると思う。ミスジャンティーは自分の神殿の神官にはしょっちゅう姿を見せてるし、自分から形骸化《けいがいか》させてるケースもあるが。

「本当にありがたいっポー！　これで自分も正式に神の一員ポー！」

プロティピュタンが跳び上がって喜んでる後ろで、ホルトトマさんはニンタンに頭を下げていた。

多分、ホルトトマさんみたいに想像を絶する時間、孤独に修行してたような存在なら神様ぐらいは視認できるのだと思う。

「そなたらの心意気はたしかなものじゃったとメガーメガからも聞いておるからな。それに報いてやったまでじゃ」

「銀貨を損したと思ってたら、ちゃんと結果をともなって帰ってきたポー！　いいことはするものポー！」


そうではあるんだけど、信仰される側が言うな。

「まだ人様に信仰される格ではないですね。力不足なようなら、いただいた土地も返上しなければならないかもしれません」

さらっと、ホルトトマさんが言った。

「ふざけるなポー！　せっかくもらったものを早くも返す計画をするなポー！」

「だったら、もっと神として立派な姿を見せるしかありませんね。現状は慢心が目立ちます」

とことんスパルタ式で行く気だな、この人。

メガーメガ神様が私をちょんちょん突いて、小声で言った。

「これ、将来的にホルトトマ教になりそうですね」

「それは本当にそうですね……」

信仰されるような生き方を続けるのは難しい。自分の地位を向上させることしか考えてないプロティピュタンを見て思いました。

終わり

森田季節
Morita Kisetsu
illust. 紅緒
The white journey of a margrave
辺境伯の真っ白旅
スライム倒して300年、
知らないうちにレベルMAXになってました
—スピンオフ—

おぞましき者の引っ越し

The white journey of a margrave

ワタシは悪霊の王国の陰気な会議室にいた。

陰気というのは個人の感想ではなくて客観的な事実だ。

なにせ墓の中に会議室があるのだから。

悪霊の王国では王族や貴族クラスの大きな墓の内部をそのまま各種施設として転用している。この会議室もそういうものの一つだ。

光源に関しては魔法のおかげで真昼間と変わらないぐらい明るいが、墓の一部であるという点は動かない。

それに向かい側に座っているナーナ・ナーナという大臣が陰気な顔をしているので、陰気の度合いが倍になっている。サービス精神というものがまったく感じられない。そんなところも、いかにも役人的だ。私ですら冒険者の評価が下がりすぎないように気づかったりして生きているのに。

やかましい印象のあるムーム・ムームという王もあまり楽しくなさそうで、濃すぎる陰気さにまた拍車をかけていた。

「それで、このたびはどのようなご用件でしょうか？」

向こうがなかなか話を切り出さないのでワタシから尋ねた。

何の困りごともなければ冒険者を呼び出すこともないと思うが、それにしてもろくな依頼ではなさそうだ。

もっとも、悪霊の依頼なので冒険者のギルドも組合も通さずに、屋敷に直接手紙が投函《とうかん》されていたのだが。

「どうしても冒険者の方にお願いするべき問題がありまして。しかし、こちらは存在を公にしていない悪霊なので、面識のある冒険者の方となると、あなたしかいなかったのです」

大臣が事務的に説明した。言葉だけ聞くと、消去法でお前になったと言ってるようだが、ワタシも悪意を持って聞きすぎかもしれない。

「あなた方は魔族と関《かか》わりはあるのでしょう？　そちらに依頼するという選択はなかったのですか？」

悪霊の王国は魔族と正式に国交を結んでいる。

たいていのことはそのつながりでできそうだが。

「気候的に魔族はあまり詳しくないみたいでな。魔族の土地は涼しいところが多いから、ここみたいな南方の問題が起きてないんやわ」

国王がそう言った。たしかに魔族の世界は北にあるから、環境も違う。

「同様にアズサらが住んでる土地も高原やから、問題が共有できてない。あと、注文しても断られるのがオチやしな」

「ならば様々な依頼を請け負《う》う冒険者の方に登場していただこうと思った次第です」

まだ具体的な話は何も聞いてないが、やっぱり嫌な依頼内容のようだ……。

「あの、冒険者だからといってどんな仕事でも受けるとは限りませんよ。冒険者は不愉快《ふゆかい》な仕事も受けると思っているのかもしれませんが、そういう仕事はお金に余裕のない冒険者が報酬めあてで集まっている場合がほとんどです。自分で言うのもアレですが……実績のある冒険者に直接依頼する場合はまた異なります」

この人たちは冒険者をなんでも屋と誤解してそうなので、大急ぎで補足しておく。

たとえば冒険者ランクが大幅に上がるということなら、名前を売り出したい冒険者が大量に参加することもある。でも、今回はギルドを通してない仕事だからそんなこともない。

ワタシの場合、冒険者としてのランクはカンストに近いので、名誉欲すら薄い。

だから、いくらでも断れる立場なのだ。

「無論、強引《ごういん》に依頼を受けさせることなど我々にはできませんから、最終判断はシローナさんにお任せいたします。報酬の話も忘れずに行いますので」

「ならば問題ないです。報酬も不明のままではお受けしようがないですからね」

ワタシは少しだけ表情を崩した。

話を聞くだけならリスクはない。

「それで依頼なんやが……うちは話したくないから、ナーナ・ナーナが話してくれ」

「はいはい。陛下よりは私のほうが説明も上手《じょうず》ですしね」

この大臣、割と王に無礼だな。死者はみんな無礼講なんだろうか。

「依頼内容はとてもシンプルです。我々はある生き物に苦しめられていまして、その生き物をどうにかしていただきたいのです」

生き物?

死者が生き物に迷惑することなんてあるのか? 墓荒らしでもいれば問題だが、その程度の奴は絶対に排除できるだろう。

「論より証拠です。その生き物が近くにいたので、一匹だけ軽く精神支配をして、こちらにやってこさせました」

一匹ということは小さな生き物か。

その時、サササッという小さな音が後ろから聞こえてきた。

気配からして、人のような大きさではない。虫か?


それはゴキブリだった。


しかも、かなりデカい。体長は手のひらぐらいある。

「げっ! ゴキブリ! 気持ち悪っ! ほんと無理っ!」

「ですよね。私も同意見です」

「じゃあ、どっかにやってください! 視界に入らないところまで遠ざけてください!」

「そして、これが我々の迷惑しているものです」

「えっ、ゴキブリ!?」

「この王国はご存じのとおり、温暖な土地にあります。ゴキブリも生息していまして、墓地の中にもたくさんいるというわけです」

「これまでは我慢《がまん》してたんやけどな。いいかげんどうにかしてくれって声が増えてきてるんや」

どうにかするって、一匹や二匹見つけて駆除すればいいというわけではないよな。抜本的に解決してほしいんだろうが、どうすればいいんだ？

「そんなの、冒険者ができることじゃないですよ。範囲が広すぎます。ゴキブリを一網打尽にする方法なんてないですし……」

「何も絶滅させろとかは言うてない。ゴキブリは森にもいくらでもおるし、森におる分には問題ないねん。ただ、墓の中に入ってくることを止めたいんやわ。家の中ってリラックスするべき場所やのに、そこに虫がおったら嫌やろ」

「過去に余計な植物を枯《か》らすために王国全体を冷やした時にゴキブリも減ってくれたんですけどね。森にいた生き残りがまた入ってきて、当時より増えてしまいました。勘弁してほしいです」

「お気持ちはよくわかりますが、ゴキブリのトップと話し合いをするわけにもいかないし、無理でしょう」

「いいえ、あなたならゴキブリのトップと話し合いもできるのではとお呼びしたのです」

大臣はふざけているわけではないようだった。

生き物とコミュニケーションをとる魔法は存在するかもしれないが、ゴキブリに国王なんていないと思うので、話し合いは不可能では……。ゴキブリ一匹ずつと対話しても果てはない。

「あなたはスライムの精霊なんですよね。ゴキブリの精霊とやらも、この世界のどこかにはいるんじゃないんですか？　ぜひ、建物に入らないように要請をしていただきたいなと」

「ゴキブリの精霊！」

なかなかショッキングな言葉だ。

それまで精霊という概念にわずかながらも神聖で高貴なイメージを持っていたのだが（事実、神格の一種として人間に信仰されている精霊もいる）、そんなものは音を立てて崩れた。

「ゴキブリの精霊に面識はないですが……どこかにいても不思議はないですね。出会うことさえできれば、要請だけならできるかと。要請したからといって、その精霊が納得するか、また、精霊がゴキブリを自由に使役できるかは別ですが……」

たとえばクラゲの精霊はクラゲを使役できるわけではない。

クラゲの知能が低すぎて、命令などができないせいだ。

ゴキブリの知能ってどんなものなんだろう。クラゲより上だと思うが、人間よりは下だな。平均すればスライムよりは上かもしれないが、スライムの場合突然変異的に異様に高度な知能を持つ者が出るので比較が難しい。

「精霊とコンタクトをとることができても無理なケースがある――それは考慮しています。その場合は我々も諦《あきら》めて、墓の燻蒸《くんじょう》など別の方法を考えますよ」

「煙の来んところにゴキブリが逃げ込むだけで焼け石に水やと思うけどな。まあ、選択肢の一つとして持ってても損はない」

「失敗時の罰則がないなら、ゴキブリの精霊を探すところまではやってもいいですよ」

もし精霊がゴキブリの姿をしていることがわかったら捜索すら打ち切ると思うが、ゴキブリと関係ない姿をしている確率のほうが高い。ワタシもスライムの姿をしていないように、精霊は多くの場合、生活がしやすい人の姿をしている。

「はい。ゴキブリの問題を解決できない場合は報酬も出せませんが、そこはお互《たが》い様ということで」

大臣がケチくさいことを言ったが、ゴキブリの精霊がいると知れても、ゴキブリが跋扈《ばっこ》しているなら解決ではないからな。

「そういえば、報酬が何かまだ聞いてませんでしたね」

不要になったゴキブリ用の燻蒸剤だなんて言われたら帰るぞ。

大臣は立ち上がると、後ろを向いて両手を伸ばした。

大きな箱が宙に浮きながらゆっくりとテーブルのほうにやってくる。

彼女は実体がないから念力で箱を持ち上げているのだ。ずいぶん重そうだった。

テーブルに置かれた箱が、今度は念力によって開く。

見た瞬間、最高級とわかる武器や防具の類《たぐい》が入っていた。

「うおぉっ！」

思わず、声が漏《も》れ出た。

冒険者の直感でわかる。まさに国の宝という次元のものだ。

「かつて我々が悪霊となる前の時代の名工が作った装備品です。魔法使いであるシローナさんは直接装備しないかもしれませんが、持っていれば名誉になることは違いないかと――」

「善処します」

ワタシはそう断言した。

善処すると言っただけなので、口約束にすらなってないが、やる気があることだけは表明した。

おそらく、今の文明の水準だと模倣《もほう》すらできない代物だ。

これは冒険者として所有したい！　どんな冒険者だろうと必ずそう思う。

「なら、よかったです。我々には何の役にも立ちませんからね」

「そんなもんでゴキブリをどうにかできるなら安いもんやわ」

たしかに、ゴキブリがいない都市を実現するためなら、偉大な武器と引き換えでもいい気はする。

と、ゴキブリがこちらにやってきた。

「うわっ！　ちゃんと操《あやつ》ってくださいよ！」

ワタシは立ち上がって逃げた。

「すみません、箱を動かすのに力を使ったので、そちらがおろそかになっていました」

「ゴキブリ最優先でお願いします！」

◇

ゴキブリの精霊は存在する。

精霊の伝手《つて》を使って、ゴキブリの精霊について調べて回った結果、そこまでは簡単にわかった。

といっても、

「ゴキブリの精霊っていますか？」

「いるよ」

というやりとりがあっただけだが。

そこからゴキブリの精霊について具体的に聞き込む流れになったのだが、名前も性別も見た目もワタシが聞いた精霊は知らなかった。精霊付き合いが悪い精霊なのは確実なようだ。

だが、現在、住んでいるだろう街まではわかった。かなり栄えている街だった。

人に近い形で、ゴキブリの精霊ということは伏せて、日常生活を送っているらしいとのこと。

人の姿とはいえ、生活スタイルはけっこうゴキブリに近いものがあるな。ゴキブリも都市の虫という印象がある。

森にもゴキブリはいるが、そういう種類は動きが緩慢だったり、見た目が室内のゴキブリとかなり違っていて、カサコソ部屋の隙間《すきま》に潜り込む不快さがなかったりするのだ。たしかに森に甲虫がいても、驚きは小さい。室内に大きいサイズの虫がいて、しかも素早く移動することに生理的嫌悪感の理由があるようだ。

さて、ここまでは順調に捜索も進んだのだが――

その先が問題だった。

「このへんで、ゴキブリみたいな雰囲気の人、見ませんでしたか？」

「いえ。見たことないです」

何日か街頭で聞き込みをしてみたが、こんな回答ばかり返ってきた。

当たり前だ。ゴキブリみたいに壁際を高速で移動しまくる人間なんて大きな街でも見かけない。

おそらく、精霊は一般人のような生活をしているのだ。

つまり、何も手がかりがない。

程度の低い冒険者なら、ここで途方に暮れることだろう。

だが、ワタシは一流の中の一流冒険者である。いたずらに時間を浪費するなどということはしない。

ワタシは街の飲食店が並ぶ繁華街の袋小路に網の罠《わな》を仕掛けた。

誰《だれ》かが足を踏み入れると、高所から網が降りかかってきて、身動きができなくなるというものだ。

精霊がもしゴキブリに近い性格をしているなら、いかにも来そうな場所だ。

これで精霊を捕まえてやる！

精霊が現れなくとも、繁華街にある人通りのない袋小路にまっとうな用事がある者はない。恐喝の犯人でも捕らえれば、街のためになる。なので、街から罠の許可も得ている。

まさに隙のない作戦！

作戦を二日試してみたが、いくつも隙があった。

夜、やけに人目を気にしている男が袋小路にやってきて、網に捕らわれた。

「うわ、これ、何だ！　盗賊の仕業か？」

私はすぐに男の前に飛び出た。といっても塀の上で待ちかまえていたとかではなくて、身を隠す魔法を解いただけだが。

「盗賊ではありません。治安向上のために用事がないはずの袋小路に罠を張っています。あなた、精霊ではありませんか？」

「いや、飲みすぎたから、立ちションして帰ろうと思ったんだけど……」

「汚《きたな》っ！」

こんな調子で、袋小路に来る人間の多くが立ちション目的だった……。

めったに人が来ないなら安心してトイレとして使えるというわけだ。立ちションも褒《ほ》められたことではないので、ワタシのほうが怒られることもないが、こっちが事情を説明したあと、気まずい空気になるので楽しくない。

何が悲しくて、立ちションの取り締まりをしなきゃならないのだ。

それと、昼間にも引っかかる男がいた。

「うわっ！　こんなところに罠が！」

「突然、失礼いたしました。治安向上のための実証実験中です。あなた、精霊ではありませんか？」

「いえ、『袋小路を愛《め》でる会』の会員です」

「変わった趣味！」

「会員は全国で百七十人ほどいます」

「それなりにいる！」

そんなわけで袋小路に罠を張る作戦は続ける気がうせたので中止した。街に報告した結果、袋小路の前にバリケードを張って、立ちション対策をすることになったらしい。

世の中の役には立ったからよしとするか……。


次の作戦は名づけて、歩異歩異《ほいほい》作戦である。

これも罠を使う作戦だが、袋小路作戦より、もっと直接的だ。

通りからよく見える屋敷の庭に設置されたテーブルに、貴金属、それと有名レストランの料理を置いておく。

貴金属を盗んでやろうと敷地に踏み入ると、体力が急激に落ちる魔法陣を踏んでしまう。まともに歩くこともできなくなるので、歩異歩異《ほいほい》作戦と名づけた。料理も置いてあるのは、ゴキブリは貴金属より食事に興味がありそうだからである。

犯罪を抑止するのではなく、誘発する仕掛けなのは道義的に問題があるが、不法侵入をした時点で罪は罪なので、責任は侵入者側にある。

ゴキブリは人がいないところにそうっとやってくるものだ。ゴキブリの精霊も似《に》た行動パターンなら、これ見よがしに庭に置かれたものに興味を持つのではないか。

今回も上手《うま》くいかなかった。

不法侵入だけで牢《ろう》にぶち込むわけにもいかないので、入ってくる不届き者がいてもこんなことするなと説諭《せつゆ》して返すことになる。

それは別にいいのだが、だんだんと高いところからジャンプして魔法陣を回避しようとか、ほかの出入り口から屋根に登ってそこから飛び降りるとか、何度も挑戦する者が出てきたのだ。

つまり、貴金属を奪取するためのゲームになってしまっている！

ついには、次はどんな手を使うのだろうと、通りに観客も集まりだした。

別にイベントを計画したわけではないぞ……。

しかも同じ奴《やつ》に複数回チャレンジされても何も意味がない。

とくに、自称「怪盗」のキャンヘインというエルフが何度も失敗していた。

「くそっ！　またしてもキャンヘイン様はしくじってしまった……。だが、次の十四回目ではどうにかテーブルにまで到達してや……魔法陣の効果でものすごく眠い」

「あの、あなた、もうやらないでくださいませんか？　十五回以上やったら重度の不法侵入ということで軍隊にでも突き出しますよ」

「チャレンジできる回数も減ってきたな……。だが、こういうのは最後の最後で成功するものだ。やってやる！」

「十四回まではチャレンジできるという意味で受け取らないでください」

アトラクションの一つと認識されだした時点で、この作戦も失敗だ。ゴキブリの精霊が普通の人として、さりげなく暮らしていればいるほど、こんな目立つところには来ない。

それでもワタシは一流中の一流だ。つまらない奴からも優れた情報を引き出す力はある。

このエルフは怪盗を自称しているし、そのへんの一般人より参考になることを言うのではないか。

「あの、あなたがとある尋ね人を探すとしたら、どのような手を使いますか。あるいは、過去に人探しをした時にどんな手を使いましたか？」

「そいつの特徴を通行人に聞いて回る。泥臭《どろくさ》くても、黙々と聞いて回るのだ」

怪盗の割に一切《いっさい》の意外性がないな。とことん、つまらない奴だな。

いや、非合法《ひごうほう》な手段を知っていても言わないだけか？

「見た目の特徴がわかってないから、その方法は無理です。ほかの案を」

「なら、名前のほうはわかるんだな。名前をこれまた泥臭く聞いて回る」

怪盗ってこんなに泥臭いものだったかな。

こいつ、怪盗というより、「盗めてるか怪しい」奴だな。

「名前も隠して暮らしている人なんです。このあたりに住んでいるだろうということしか聞き出せていません。こんな時はどうします？」

「そういうことか。それなら、向こうからこっちに接触してくるように振る舞うしかないな」

にやりと怪盗は笑った。

「最終手段だが、この手に頼るしかあるまい」

おっ、尋ね人のほうを動かす策を持っているのか。

「どうするんですか？　詳しく教えてください」

「掲示板に連絡を取りたいという旨を書いて貼《は》るのだ」

「は？　掲示板？」

「掲示板はこの街のギルドの前、神殿の前、役所の前、いろんなところに設置されている。そういうものに泥臭く、連絡を待っているという紙を貼り続ければ相手からのコンタクトがあるだろう」

また、泥臭《どろくさ》い方法かよ。

「それは相手方も連絡を取りたいケースには有効ですが、向こうがこちらとのコンタクトを願ってない時には無駄《むだ》では？　ていうか、潜伏されて余計に発見が難しくなりそうですが」

「だから最終手段だと言っただろう。かえって尻尾《しっぽ》をつかめなくなるリスクも背負うのだ。それでも可能性があるならやるしかないだろう！　百連敗しても次に一勝すればいいのだ！」

あっ、この人、無力なのを言葉を飾り立てることで誤魔化《ごまか》そうとしてるタイプだ。

とはいえ、ワタシのほうにリスクらしきリスクもないし、ダメ元で掲示板を使ってもいいかもしれないな。

ゴキブリの精霊本人が名乗り出てこなくても、ゴキブリの精霊を知っている人間が情報提供をしてくることだってありうる。

「ありがとうございます、怪盗さん。これで軽食でもどうぞ」

ワタシは怪盗に千五百ゴールドを渡した。チップみたいなものだ。

「おお！　これなら二食は食える！」

やっぱり泥臭いなとワタシは思った。

◇

ワタシは街の掲示板という掲示板に「ゴキブリの精霊を探しています」という紙を貼った。

掲示板はエリアごとに設置されているので、全部を回るのはなかなか面倒だった。

人通りの多いところだけ貼ればいいのではという気もしたが、中途半端《ちゅうとはんぱ》に済ますことを許せない性格なので、漏れなく掲示板を回った。

あとは宿の部屋で待つだけだ。どこそこの宿に投宿している冒険者だということも書いてあるので、情報があれば向こうから来る。

期待はしていない。精霊同士の付き合いすらろくにしてない相手である以上、自分から出てくるとは思えない。

来なかったとしても、たいした損はない。難点といえば、宿の部屋はたいして白くないということぐらいだ。壁の木材を白く塗るだけでもずいぶん変わるのに。張り込み期間がこれ以上延びるようなら、シロクマ大公と数日交代することも――

こんこん、と部屋のドアがノックされた。

「ゴキブリの精霊です」

ちゃんと向こうから来た！

まさか、掲示板が成功するとは……。やってみるものだな……。敵意もとくに感じなかったので、ワタシはドアを開けた。

自称ゴキブリの精霊は頭にヴェールをかぶっている以外は、ごく普通の女性だった。

「掲示板に貼り紙をした冒険者のシローナです。失礼ですが、ゴキブリの精霊だという証拠は何かありますか？」

ゴキブリの精霊を騙《かた》る一般人だった場合、悪霊の国だとかの話をするとまずいことになる。それにワタシがスライムの精霊だということも明かせない。

「宿のゴキブリちゃんを集めることはできますけど、どうしましょう？」

「それはナシで」

しまった。証拠を見たくなさすぎる！

「では、偽物《にせもの》なら知らない名前を言いましょう」

ゴキブリの精霊の口から面識のある精霊の名前がいくつか出てきた。精霊の人脈がなければ知りえない名前だ。

「それと、見た目で精霊を判断することはできないので確定的な証拠にはなりませんが、参考までに」

ヴェールをとった頭には、触覚《しょっかく》が二本生えていた。

ゴキブリっぽい。ゴキブリの触覚をじっくり見ようと思ったことないのでイメージだけど。

「この見た目は目立ちますからね。ヴェールは必須です。ああ、名前がまだでしたね。ティルミサと申します」

当たり前だが、ゴキブリっぽい名前ではなかった。

「普段はギルドで職員をしています」

「けっこう身近なところにいたんですね……」

自分の知らないところでニアミスしてたのか。知らないからどうしようもないが、けっこう前から精霊探しであくせくしてるところを見られてたかもしれない。それなりに恥《は》ずかしい。

「はい。モンスターの大きなゴキちゃんを討伐する依頼が発生したりすると、ゴキちゃん側に連絡して逃がしたりしています。モンスターは本来なら精霊も管轄外ですがゴキちゃんはゴキちゃんですから」

「情報が漏洩《ろうえい》している！」

ギルドは巨大な組織なので、裏では権力争いとかいろいろ問題も起きてると思っていたが、ゴキブリに話が伝わるなんてことまであるのか。

「住居で生活するゴキちゃんは人間がいなくては生活できません。いわば共存共栄です。だから人間に敵対する意志を持つゴキちゃんはいませんからご安心ください」

「人間側はかなりゴキブリに敵対してますけど、それはいいんですか？」

「それぐらいは大目に見ます。ですが、もし冒険者が全力でゴキちゃん退治に邁進《まいしん》するようなことがあれば、こちらも全力を尽くして対抗します。具体的には、寒い場所でも生息できるゴキちゃんを生み出すとか」

「それだけはやめてください、本当に……」

ギルドの黒幕がこんなところにいたとは……。

「ええ、仲良くやっていきましょう。共存共栄——とてもいい言葉ですね」

ギルド職員だという精霊は柔和な笑みで答えた。ほぼ脅しだ。

この世界には踏み込んではいけない部分がある。ゴキブリもそういう領分だ。

「あなたを本物と認めます。はじめまして、スライムの精霊のシローナです。おおっぴらにできない話なので、狭いですがこの部屋で説明させてください」

駆け出しの冒険者用の安宿ではないので、部屋に小さなテーブルと椅子《いす》二脚はある。簡単な話ならここで可能だ。

ワタシは悪霊側の要望を伝えた。

ゴキブリ側からしたら身勝手に聞こえるかもしれないが、ワタシの要望ではないので、知ったことではない。

「なるほど、そういうことですか。ほうほう」

ティルミサさんというその精霊は表面上はにこやかに話を聞いていた。時折、相槌《あいづち》を打ってくるし、コミュニケーションはとれる相手だ。

「事情はわかりました。ですが、ゴキちゃんにも生活はありますからね。お墓から出ていくということは、近所に引っ越すということと同じではありません。新たに住む場所がいります」

「それは、そうですね」

どうでもいいが、ゴキちゃんって呼ぶの、気になるな。犬をワンちゃんって呼ぶノリかよ。

さて、ここからが本番だ。

悪霊とゴキブリの妥協点を探っていこう。

ここまで来たら、超古代文明の武器や防具がほしいし、なんとか話を上手くまとめてみせるぞ！

「というわけで、ゴキちゃんが生活できる引っ越し先を作っていただけないでしょうか？」

芸術的な交渉スキルを見せてや――

提案は向こうから出た。

「引っ越し先？」

あまり考えていなかった言葉だ。

「ええ。ゴキちゃんが人家に暮らすのはそのメリットが大きいからです。なによりも防寒ですね。寒い冬をゴキちゃんは越せませんからね」

「てっきり人間が出す残飯めあてだと思ってました」

「食事も大切ですね。ですが、本だってかじることはできますし、わかりやすい残飯がなくてもどうにか暮らせはしますよ」

改めて、ゴキブリの活動圏に住むのはやめようと思った。

「たしかに悪霊の国の場合、食事のメリットは小さそうですね。あの人たち、残飯は出しませんから」

「そういうことです。なので、ゴキちゃん専用の住宅がもらえて、さらに食事も用意されるなら、ゴキちゃんたちはみんな引っ越していきますよ。移転先が決まれば、引っ越し作業はこちらでやります」

ゴキブリ専用の住宅ってどんなところだろう？　あまり考えたくない。

それはそれとして、話し合い自体は順調に進んだと思う。交渉の仲介役としては、十分働けただろう。

「わかりました。持ち帰って、検討します」

ティルミサさんは頭を下げた。見た目からそんなインパクトの強い生物を管轄する精霊には見えない。

「ワタシのスタンスも説明しておきますね。ワタシとしては悪霊にも、ゴキブリにも好意などは抱いてません。その点は中立ですが、悪霊側から報酬の装備品を提示されているので、それがもらえるように行動します」

「あなたも誠実な方ですね。鎧《よろい》の中はたまにゴキちゃんが隠れていることがあるので、注意してくださいね。寒さをしのげる場所にはよくいるものです」

この精霊、知らなかったほうが幸せだったかもしれないことを言ってくるな。

「それでは、悪霊の国に連絡したあと、会談に都合のよい日程をいくつかご連絡します。連絡先は……ギルドに行けばいいですか？」

「いいえ、それだとあなたの手間もかかりすぎるでしょう。ここで決めてしまいましょう」

そう言うとティルミサさんは奇妙な魔法の詠唱をはじめた。

「▽◇☆○□～、○＝×△～」

なんだ、これ……？

全然聞き慣《な》れない言葉だ。

実のところ、魔法の詠唱かどうかもわからない。

詠唱が終わると、四角形の枠が壁に二つ生まれた。その枠に悪霊の国の国王と大臣が映っていた。

『なんや、なんや！　こんな古い通信の魔法が使える奴がおるんか？』

『陛下、落ち着いてください。魔族の方なら私たちの魔法を調べていますから、ありえないことではないですよ』

どうやら古代文明の時代にはあった魔法を、このゴキブリの精霊は使ったらしい。

「あなた、そんなすごい魔法使いだったんですか……」

ゴキブリ以外の要素でワタシは畏怖《いふ》した。

「別にすごくありません。たとえば三千年前に生まれた人は三千年前の文法の言葉が話せるでしょう。それと同じです。ゴキちゃんも息が長いですからね。古い文明の魔法も存じ上げていますよ」

ものすごく昔からいるタイプの精霊か。精霊としては自分が若すぎるので、このあたりの感覚がまだ理解しきれていない。

「サーサ・サーサ王国の方ですね。ゴキブリの精霊ティルミサと申します」

ティルミサさんのあいさつに悪霊側も自己紹介を済ませた。

「ゴキちゃんたちが皆さんのお墓にお邪魔《じゃま》させていただいております。ありがとうございます」

『家賃も払わん奴らに感謝されてもうれしないわ。邪魔するんやったら帰って〜』

『陛下、最初からケンカ腰なのは品がないです』

『せやな。その様子やと、こちらの要望は伝わってるみたいやけど』

ワタシはゴキブリの家があれば、引っ越しも可能だという話をした。

『ゴキブリの家？　それは毒の入った団子が置いてあって、全滅させるタイプの家とか、そういうのじゃなくて、普通の生活空間ってことやな？』

「ゴキブリの精霊の方がいる前でそういう冗談は言わないでください。人間すべてがゴキブリの報復を受ける危険があります」

国王の不穏な発言をワタシは全力で牽制《けんせい》した。自分の屋敷をゴキブリだらけにすることだって、ティルミサさんはできるかもしれない。

『陛下、やりましょう。ゴキブリがカサコソ入ってくる不快感を消せるなら安いものです。食事の提供もゴキブリは雑食だからどうとでもできます』

大臣もこの件に関しては積極的なようだ。そのまま決まってくれ。交渉が進展するとワタシも得がある。

『しかし、ゴキブリ用の家って、どれぐらいの規模にしたらええんや。狭くてもええんか？　意外と巨大なものが必要なんとちゃうんか？』

『背の高い建造物はやめておきたいですね。作るのが大変だし、ゴキブリに見下ろされてると思うと、心理的に悲しいです。低い建物を森にだだっ広く作るほうがコストもかかりませんけど』

「ええ、それで問題ありませんよ。ゴキちゃんも地面に近いところのほうが落ち着きますし」

そのまま、遠隔でゴキブリが住む建物をどうするかの話し合いが続いた。

ワタシはその場にいるだけで、出席していると言えばしているし、話し合っているかと問われればそうでもないという状態だった。司会みたいなものだ。

話は終始事務的に進み、やたらと面積の広い、背の低い石の建造物を用意することで決着した。

それを王国の外側に設置する。設計が極めて簡単なので、悪霊たちもたいして苦労なく石を動かして建築できるそうだ。

◇

で、後日。建物も完成し、ワタシはまた死者の王国に来た。

ティルミサさんもいる。今日、ティルミサさんがゴキブリたちを新住居に引っ越しさせるのだ。

建物があるだけでは全ゴキブリの引っ越しは完了できないので、これには精霊の力がいる。

ワタシたちは三角を過度に強調した国王の墓の前に集まっていた。

「いいですか？　私がいいと言うまで絶対にこちらを見てはいけません」とティルミサさんが言った。

「なんや、神話みたいなこと言うんやな」

ワタシも国王に同感だ。なお、神話だと必ず見てしまうケースだ。

「想像を上回るゴキブリの群れが墓から出ていく光景を目にすると、おそらく永久に消えることのない傷《きず》を受けることになると思いますが」

「絶対守ろ……。むしろ、うっかり見んようにどっかに旅行でもしよかな」

「本当に森のほうまで行きましょう。念には念を入れたほうがいいです」

そう言う大臣の言葉に従って、ワタシたちは引っ越しが完了するのをゆっくりと待った。この世界でもトップクラスに恐ろしいことが今頃《いまごろ》起きているわけだ。

「なんやろ。こころなしか、地面が揺れてる気がするわ」

「国王、それは気のせいでしょう。大地が動くほどの数、ゴキブリがいるはずがありません」

「何匹ぐらいおるんやろな……。でも、その数を見たら、本気で後悔するんやろな……。見いへんで……何があろうと振り向かんで……」

ワタシは念には念を入れて目をつぶって待っていた。

やがて、ティルミサさんがワタシたちのところへ落ち着いた態度でやってきた。何も知らなければ、散歩でもしているようにしか見えなかっただろう。

「引っ越し、完了いたしました」

彼女の微笑《ほほえ》みを見た時、ワタシは救いを得たという実感がどういうものかよく理解した。

自分たちはゴキブリから脱出できたのだ。

国王と大臣の晴れ晴れとした顔を見ても、それはよくわかった。ゴキブリのいない生活はなんて豊かで自由なんだろう！

「それでは、国王、あの装備品はちょうだいしてもよろしいですね」

「ゴキブリがほんまに出んようになってるのを確認してから――と言いたいところやけど、十分働いてくれたしな。あんなもん、いくらでもくれたるわ」

装備品一式をもらえるのはありがたいが、本音を言えば、この虫害を解決できた達成感のほうが大きかった。ワタシがやったのは実質人探しだけだが。

「ゴキちゃんがまた住居に現れたりすることがあったら呼んでください。それでは、これで」

「あっ、待ってください」

思わず、ティルミサさんを引き留めてしまった。

「はい、いかがしましたか？　ギルドの内部事情は話せませんよ」

そんなものには興味はない。

「あの、魔法、教えていただけませんか？　当代でもトップクラスの魔法使いだとお見受けいたします」

「魔法って、ゴキちゃんに関する魔法ですか？」

「なわけないでしょう。あなたは聡明《そうめい》だから、ワタシが言いたいことなどわかっているはずですよ」

「ギルドの仕事がない時間であれば」

ティルミサさんは表面上、柔和に笑った。

この場合、とくにほかの意図はないはずである。

◇

ひと月ほど後、義理のお母様への自慢を兼ねて、お姉様たちの高原の家へ寄った。もっとも、この家には冒険者は一人もいないので、いまいちすごさが伝わらなかった。

「そういえばさ、先日、とんでもないものを見ちゃったよ……」

出された「食べるスライム」を食べていると、義理のお母様がくたびれたような顔をした。もっとも、この人はよくくたびれてはいる。

「とくに興味はないですが、聞いてあげなくもないですよ」

「素直じゃないなあ」

「違います。素直なんですよ。実際、さほど興味はありませんから」

義理のお母様はそれ以上文句《もんく》を言っても無駄《むだ》と悟ったらしく、とんでもないものについて話しはじめた。

「サーサ・サーサ王国で立入禁止になってるエリアが増えててさ、それに気づかずに入っちゃったら――」

「ああ、それ以上聞きたくないのでけっこうです。何が起きたかよくわかりましたから」

ワタシはさっと耳をふさいだ。オーバーリアクションは好きではないが、この場合、決して過剰ではない。

「ちなみに、どこまで踏み込んだのですか？　石の建造物に入りましたか？」

「その手前で引き返したよ。あとでムーから話を聞いたけど、引き返して本当に正解だった。私は二匹しか見なかったけど、その時点で怖いと思って戻った自分を褒めたいよ。…………ていうか、やけに詳しいな」

「情報収集は冒険者の基本です。それと危機察知能力も冒険者には必要な力なので、義理のお母様は冒険者には向いてるかもしれませんね。それから、食事中に虫の話をするのは不向きですよ」

「あっ、それはそうだ！　ごめん！」

この世界で絶対に立ち入ってはいけない場所が誕生してしまったことを、冒険者ではこのワタシだけが知っている。

冒険者というのは、そういう秘密の場所を一つや二つ持っているものなのだ。

「それでは、今日はこれで。しばらく魔法の修行で忙しいので」

「自分がほとんど知らないタイプの魔法を教えてくれる人がいましてね」

「魔法の修行？　もうシローナは十分に魔法は使えるんじゃないの？」

ワタシは席を立つ。

「修行ってどんな魔法使い？」

「……諸事情であまり話したくありません。義理のお母様も聞いて得をすることはありません。義理のお母様は面識のない方なのでご安心ください」

「余計に気になるな！　どういうこと⁉」

ゴキブリの精霊の存在が知られてないことが今ならよくわかる。

知ってる者もあまりしゃべる気になれないのだ。

終わり

あとがき

あっつい！　本当に蒸す！

どうも、お久しぶりです、森田《もりた》です。現在、梅雨《つゆ》の真っ最中でして連日雨マークが続いてます。雨なのは仕方ないとして、湿気がきついです。ちょっと歩いただけでだらだら汗が垂れてきます。家にいたらいたでクーラーをつけるほどでもない室温なので、我慢するしかないという状態です……。

今も汗をかきながら、あとがきを書いております。なんか掛詞《かけことば》っぽくなったな……。

まず、宣伝を。

この小説と同月発売で、コミカライズ十三巻が出ます！　やったー！

ぜひこちらもお買い求めください！　おそらくシローナが登場するあたりが収録されてるのだと思います。

シローナを原作で書いていた頃には、「このキャラが出るあたりまでとなるとコミカライズもとんでもない巻数になるから漫画で見るのは難しいだろう」と思っていました。ごく普通に実現してしまいました。本当にコミカライズを応援してくださっている方、ありがとうございます。

まだまだコミカライズでは登場してないキャラがわんさかいますので、これからも末永く続いてほしいです！


そして、もう一つ大きな宣伝内容があります。

ムービック様からグッズが出ます！

内容ですが、簡単に箇条書きしますと、「クリアファイル」「アクリルスタンド（表紙イラストバージョン）」「アクリルスタンド（キャラ立ち絵バージョン）」「ブロマイドセット」「缶バッジ」などです。

また今回、原作の紅緒《べにお》先生のイラストのグッズに加えて、コミカライズ担当のシバユウスケ先生の絵でのグッズもご用意しております！

とっても素晴らしいグッズたちなので、ぜひお買い求めください！

詳しくはムービック様の商品紹介ページをごらんください。

ここにＵＲＬとＱＲコードを貼っておきます！

https://www.movic.jp/shop/r/r101332/

今回、あとがきの後におまけをちょっと入れています。実はライブをやってるシーンはもともと書いてなかったのですが、それがないのも据わりが悪いので付け足す形になりました。

ちなみに森田は五月にコロナ禍以降では初めてライブに行きました。自分が漫画一巻が出た時から買い続けてるとある作品のライブです。本当に久々のことだったんですが、やっぱり生で音を聞くのはいいものですね。前から二列目に座っていたので、最後のほうに銀テープや紙吹雪が飛ぶ時にだいぶ直撃しました（笑）。

森田は文章を書くのが仕事なので、できる範囲で文章を使ってライブを表現するわけですが、やっぱりライブは生で見たほうが楽しいです。

正直なところ、コロナもあるので狭いライブハウスなどだと気になる方も多いとは思いますが（実際、森田はコロナ前に渋谷のライブハウスできっちり風邪《かぜ》を移されて、数日寝込んだことがあります。コロナ以外もきっちり移ります……）、ライブを見たことない人は安全を考慮しつつ生の演奏の迫力を体験してもらいたいです。

それと話はズレるのですが、自分がライブを見た作品のアクリルスタンドなどが会場でぶわ～っと売っていて壮観でした。さすがに全部を買うことはできなかったので一部のキャラのものだけ買いましたが、それはそれとして自分の作品もアクリルスタンドが増えてほしいです。偉い人たちよろしくお願いいたします（笑）。

いろいろ矛盾してるんですが、僕も好きな作品のグッズが出すぎて「これ、全部は買えんぞ……」と思ったことはあります。当然、全部を買う必要はないのですが、どうせなら買いたいという気持ちもあるので。一方でこの作品のグッズがほしいと思っても、グッズが出なかったこともあります。

何が言いたいかというと——①作者として自作のグッズは増えてほしい、②ただグッズはあくまでもおまけなので買えないからといって気にしたりせずに小説とコミカライズを楽しんでほしい、ということです。

自分もオタクだからわかるのですが、グッズがたくさん出てうれしいという気持ちと、全部は買えないというがっかり感みたいなのは、どっちもあると思うんですよね。ゆるく長く付き合っていただけると幸いです。

最後に謝辞を。いつも素晴らしいイラストを描いてくださっている紅緒先生、コミカライズのシバユウスケ先生、ありがとうございます！　謝辞の中に宣伝を入れますが、今回のグッズではお二人の描き下ろしイラストのグッズもあるのでぜひお買い求めください！

また「スライム倒して３００年」に携わってくださっているすべての皆様にも厚く御礼申し上げます。すでに多すぎる巻数に達してますが、この作品はまだまだ続きます。それこそアニメ二期だってまだ作るわけですし。

参加する人も、ファンの方もみんながみんな楽しめて幸せになれる作品にしていきたいのでこれからもよろしくお願いいたします！

森田季節

おまけ

ククとフラットルテがライブをした

She continued destroy slime for 300 years

ヴァンゼルド城下町の隣町の地下にある、さほど立地がいいとも言えないライブハウスに私は来ていた。

厳密には「吟遊詩人《ぎんゆうしじん》演奏会場　屋根裏部屋」とかいう長々とした名前がついているようだが、つまりライブハウスである。

あと、地下なのに屋根裏部屋って名づけるなというツッコミはこれまでここに来た魔族の九割がしてきたと思う。なので、私はいちいち言わないでおく。

かつては名実を伴《ともな》っていたらしい。三階の屋根裏部屋っぽい場所にあったそうだが、ジャンプする客が多い公演の際に床の穴が抜けて、絶対に床が抜けない地下に移転したという。そんなライブハウスの歴史など私が知ってるわけもなく、事前にククから聞いたのだ。

私の前には光を完全に遮断《しゃだん》している分厚い幕が降りている。

幕には「未定　初ライブ決定」と書いた布が雑に縫《ぬ》い止められている。

ここでフラットルテとククによるライブが行われるのだ。

アーティスト名は「未定」。決まってないという意味ではなくてこういう名前だ。

「青兎部隊《あおうさぎ》」にするか「ウサドラ」にするか名前を決める段階でもめていたのは知ってるが、もう「未定」でいいだろうということになって、本当にその名前でチラシも作って、会場もとってしまったという。

まあ、アーティスト名なんて奇をてらったものも多いし、何でもいいのかもしれない。

ちなみに、娘たちはつぶされると大変なので、後ろの安全な席で見てもらっている。客が魔族だから、頭に角が生えてたりして、人間の土地で盛り上がるよりも危ない。

ライカも前列のほうで見るほどの興味はないので、後ろでいいという。娘たちを見てもらう。ハルカラは前に来ると危ないので、ライカの目の届くところにいてもらった。

私はせっかくなので、立見席の前のほうに来た。ロザリーもそのあたりを漂《ただよ》っていた。

さあ、二人の勇姿見せてくれ。

幕がするすると上がる。

すぐにギターにしか見えない二人のリュートの音が会場に響き渡る。

メインのボーカルであるククの声。

何度も場数を踏んできた彼女に緊張の色はない。

お茶を飲んでいる　お茶の葉っぱとお湯が混ざり合ったそれを
今はどっちだろう　僕は今どっちの要素を飲んでるんだろう
葉っぱとお湯の混合体　口の中にしみこんで　おなかの中にしみこんで
なんかグロテスクだろ！　なんかグロテスクだろ！　なんかグロテスクだろ！

ククがかつて歌っていた人生の悲哀《ひあい》に関する歌詞でもないし、かといってよくある恋の歌でもない。これはお茶についての歌……ということでいいのか？

音楽は激しいが、同時にやけに明るい。なんとも能天気なのだ。時折わざと間の抜けた音が入るが、これはフラットルテが弾いているものだ。

フラットルテのギターソロはわざと不協和音を入れたトリッキーなものだが、ついつい体を動かしたくなる楽しさが混じっている。

一曲目からノリのいい曲だったせいか、魔族の観客たちが腕を振り上げて跳《と》びはねながら、前に押し寄せる。こんな会場に来る魔族は屈強だから問題ないが、まあまあ危ないぞ。私のところにも近くの客がどんどんぶつかってくる。

さらに、観客の頭の上を横になった魔族が移動している。まるで観客の手を波として扱うサーフィンのように魔族が頭上を泳いでいた。意外と落下しないものなんだな。

天井を見上げると、空を飛ぶタイプの魔族が背中を貼《は》りつけるようにして熱狂していた。天井にも客がいるのが魔族の会場らしい。それと、ここ、絶対に空気が薄いと思う。

二人のギターの音がジャカジャン！　と同時に止まった。

一曲目が終わった。同時に歓声が広がる。

ツカミはＯＫだ。


「こんばんは、ククです。本日は『未定』の初公演です。一曲目は『お茶を飲んでいる時に思いついた歌』でした！」


おそらく本当に茶を飲んでる時に思いついたんだろうな……。

「ブルードラゴンのフラットルテなのだ！　お前ら楽しんでも楽しまなくてもいいけど、アタシたちは楽しんで帰るからな。楽しまないと損だぞ！」

レスポンスするように声が上がる。

フラットルテの煽《あお》り気味《ぎみ》のＭＣは早くも盛り上がっている会場を勢いづかせるにはちょうどよかった。

「二曲目は『車輪の人生』です！　聞いてください！」

軽やかなギターサウンドとともに音がはじまる。

回る回る私回る心を無にして回り続ける！　目の前にいるカマキリ轢き殺す！

回る回る私回る心を無にして回り続ける！　目の前の馬糞も避けられない！

馬車の車輪にはなるな〜馬車の車輪にはなるな〜♪


だから、どんな歌詞だよ！

曲名に偽《いつわ》りはないが、どういう心境でこの歌詞を思いつくのか、シンプルに気になる。

一曲目以上にテンポが速くて、会場はノっている。激しいと言うと、攻撃的なイメージがついて回るが、終始ふざけている雰囲気がある。

なんというか、ぬいぐるみのボールをいくつもぶつけられているみたいというか。

ただ激しくすることにも抗《あらが》うぞというような反骨心を私は感じた。

サビとおぼしきところでは、フラットルテの声がククに重なる。


幸せも悲しみも私関係ない〜♪　回る回る回るしかない　車輪車輪車輪に心はない！

その歌詞を聞いて、二人の目的意識が少しわかった。

車輪のことしか歌ってないようだが、これは決意表明だ。

幸せも悲しみも自分たちは歌う気はないぞと二人はこう言いたいのだ。

余計なものを入れて、音楽を楽しむ邪魔《じゃま》をするんじゃない。ただ楽しむことだけに集中しろ。

これが二人のメッセージだ。ただのメッセージじゃなくて、相応の覚悟の現れだ。なにせ、これは従来のククがやってきた悲しみを表に出した音楽性とも離れたものだから。

まったく別のことをやって勝負してやるとククは決めた。

三曲目は高原の家付近の練習で私も聞いたことのあるものだった。

日差しのランクが無慈悲に一つ上がって　十五分飛ぶと頭痛がするな
涼しい場所と甘いものが　人生には必要だよな
ケーキの中のリンゴの果肉がザクザクと

「『リンゴの果肉（仮）』！」

つい曲名を叫《さけ》んでしまった。

徹底してポップに、徹底して力強く。それだけのルールで二人は突き進んでくる。容赦《ようしゃ》なく、こっちに音が飛んでくる。

それから先も、水たまりを乾かすとかタンスの角を丸くするとか、絶対に幸せも悲しみも加えまいという歌詞の曲が続いた。

いつのまにか観客全員がぴょんぴょんジャンプしていた。暴力的な調子ではなくて、あくまでも曲に合わせた安全で安心なジャンプだ。

次の曲では会場全体が曲に合わせて左右にゆっくり手を振っていた。海中で揺れるイソギンチャクみたいだった。

そういえば序盤の荒々しい客の反応はいつのまにか鳴りを潜めていて、盛り上がってはいるけど、もう少しおとなしい曲の性質に見合ったものになっている。客の頭の上を泳いだり、前の客にのしかかるような行為もなくなっていた。

客がこのアーティストの音楽性を理解した証拠だ。

自分たちがどういう音楽をやるか、ククとフラットルテは演奏だけで知らしめたのだ。

それってとてつもなくすごいことではないだろうか。

落ち着いた曲が終わると、ククのMCが入る。

「いや～、よかった、よかった。実を言うと、ほっとしてます」

汗をかいたククの顔に笑みが宿る。

「これまでの方向性と全然違うものをやりたいって気持ち自体は前からあったんですけどね。かといって、これまでのものを応援してくれてる人もいるわけで、同じ吟遊詩人の名前で方向性を変えすぎたら、それは裏切りだよなって。辛《から》い料理を出してる店に入ったのに、急に甘い料理しか提供してませんって言われたら困りますよね。それは店側の責任なので」

言いたいことはわかる。

イメージチェンジを図《はか》ろうにも、これまでのイメージがついた名前で活動する以上、以前のイメージを求めてる客がついてくる。そのイメージを作ったのは客側ではなくて、アーティスト側だ。まったく変化を求めないなら客側の問題だが、違いすぎるものを出された時に文句《もんく》を言う権利も客側にある。芸術は作り手と鑑賞者が両方あって生まれる。

「受け入れられるようにじわじわ変えていくというのもアリだと思ったんですけど――」

「そんなまだるっこしいことをするのは愚《おろ》かなのだ」

フラットルテが口をはさんだ。

「自分がやりたいものをやってたら、それが急に変わることだってあるだろ。イメージがどうとかは気にしすぎなのだ。受け入れてもらえなそうなほどレベルが低いなら論外だが、胸を張って出せるものなら出せばいいのだ」

「――とフラットルテさんは言ってますけど、プロにはプロの苦しみがあるんです。そんな極論だけじゃ誰もを納得させることはできないんですよ！」

「業界のために努力しても、業界は感謝なんかしないけどな。業界は生き物じゃないのだ」

「横からケンカ売られてますけど、ケンカするとこっちが負けるので絶対にしません」

けっこうお互《たが》い譲ろうとしないMCだな……。

頭上にいたロザリーが降りてきて、「音楽性の違いですぐ解散しそうですね……」と言った。ロッカーは血の気が多いものだからな。偏見かもしれないけど。

「なので、違う雰囲気の活動は、名前も変えたまったく別の吟遊詩人として、やることにしました」

「名前、決まってないけどな」とまたフラットルテが茶々《ちゃちゃ》を入れる。

「いえ、『未定』という名前で決定してますよ」

「それ、仮だろ？　いずれ、正式なものにしたいのだ」

「いえ、これが正式名称ですよ？」

「未定」という名前が正式名称かどうかも二人の間で固まってなかった！

本当に何もかも中途半端に動き出したんだな。それでどうにか形になっているのを褒《ほ》めるべきなのか。

「ずっと『未定』でいく気か？　名前じゃないような名前をつけるのって、イキった若い奴がやる発想だぞ。今時、『名前はない』が名前ですよと言って面白いと思う奴なんていないだろ」

フラットルテもボロカスに言っている！　そして、それなりに適切な指摘の気もする！

「はぁ……。この話については平行線なので、今後決めていきたいと思います。今後の演奏スケジュールですが、『ドラムバンバン亭』『瞑想《めいそう》空間』、来月は『大きい猫《ねこ》』と『ジョージさんの鶏《にわとり》』、あと『沢の下流』でやります」

おそらくライブハウスの名前だと思うが、この業界について詳しくないのでよくわからん。

「そして、『ヴァンゼルド空気屋　東』でもやります！　『西』じゃなくていきなり『東』です！ぜひ皆さん来てください！」

客が「すげえ！」って声を上げてるが、よくわからん！　店舗に東と西があるらしいことしかわからん！

「『東』がチケット完売したらすごいことなのだ！　絶対来るのだ！　『西』じゃなくて『東』だぞ！」

フラットルテも東をやたらと強調してくるな！

東でやることにステータスみたいなものがあるのだろうか。西より東のほうが広い会場なんだろうけど……。

ククが「未定」という文字のプリントされているタオルを広げた。

「それと、会場の後ろでタオルを売ってるので、たくさん買っていってください！　ほかの会場に来てくれなくてもいいので、タオルはたくさん買ってください！」

ぶっちゃけ、あまりいいデザインではない！

「皆さん、ご存じのとおり、新人吟遊詩人は物販が売れないと生活していけないので！　この『未定』だけでもちゃんと黒字で活動できるようにしていきたいのでよろしくお願いします！」

「デカデカと『未定』と書いてるからな。祝い事のあった奴に送りつけてやるのだ！」

悪魔的な宣伝すぎるだろ。

だが、いい具合に会場の笑いがとれた。フラットルテ、ナイスMCだ。

「用意してきた曲も少なくなってきたので、このまま突っ走っていきますね。次の曲は『**服を干す**』！」

本当にメッセージ性のない曲しかないな！

その曲は干されている服は乾きたいと思っているのか、湿ってる状態のほうが気分がいいと思っているのかという考察だった。で、サビで「ぶっちゃけどうでもいい」と締められた。たしかにどうでもいい。

まだまだ盛り上がる曲が続き、そして、最後の曲としてコールされたのは――

「最後は青犬兵団という昔の吟遊詩人の曲を再構築したものです。そのまま演奏するという案は元メンバーのフラットルテさんから現代の曲の水準に達してないと言われて却下されたんですが、いろいろ変更を加えたうえで許可されました」

「手間を加えるぐらいなら、一から曲を作ったほうが早いのにな」

「そんなことはないですよ。今、演奏するに値する曲だと思ってます。最後の曲は『山の上の一番とがったところ』！」

その曲のサビは「山の上のとがったところに足を置きたい」というものだった。どれだけククが編曲したかは不明だが、「未定」という吟遊詩人の方向性とその曲はよく似《に》ていた。ククが青犬兵団を尊敬していることはよく伝わってきた。


「「山の上のとがったところに足を置きたい～♪　この山のてっぺんにいると自慢をしたい～♪」」


会場全体でサビの大合唱が起こる。

感動するような歌詞ではないのに、みんなで歌っていると、心が揺さぶられるものがあった。

これが曲の力だろうか。

クク自体に人気があったとはいえ、別名義での新規の活動だから、ライブハウスも狭い。それでもこのライブハウスは間違いなく素晴《すば》らしい空気が流れているし、このライブを見た人間は幸せだと思った。

この音楽はかつてのスキファノイア時代のククみたいに攻撃的な音をぶつけてくるものでもなく、魔族の土地で成功したククのじんわりと音を響かせるものとも違う。

聞いているこちらがいつのまにか音にふわっと包《つつ》まれてしまう。全方位から音がやってくる。


なんだか、スライムの中に入ってしまったみたいだな。


スライムの中に入ったことはないから、言うまでもなく、比喩《ひゆ》なんだけど。

そういえば、「未定」ってアーティスト名だけど、未定ってまさにスライムを意味するような言葉だ。スライムはふよふよしてて、形が定まってない。

偶然だと思うが、「未定」って名前はこの吟遊詩人の方向性をよく示している。

歌が終わり、ギター二本が向き合って、曲のはじまりと同じリフを弾いて、ババンッ！　と同時に音を止めた。


「ありがとございましたー！」

「どうも、ありがとなのだー！」

歓声と拍手《はくしゅ》で「未定」の初ステージは終わり、二人はステージの袖《そで》に消えた。

最高の初ライブだったよ！

………だが、まもなくステージの袖からもめる声が聞こえてきた。

「アンコールはいりません！　『未定』はアンコールなしで完全燃焼するスタイルの吟遊詩人なんです！」

「ふざけるな！　アンコール用の曲も考えていたのだ！　最後にもう一度盛り上げるのだ！」

結局、ククはアンコールをするかどうかも二人の間で決まってなかった！

アンコールをしない方針を変えなかったため、アンコールを待っていた客がじわじわ帰りだして、微妙な空気のまま幕切れとなりました。

最後が雑なせいで印象が悪い！


後日、その日の公演は音楽雑誌にて「最後はぐだぐだだったが、それ以外は素晴らしかった。アンコールをするかどうかで本編終了後にもめる吟遊詩人は初めて見た。そのうち解散する危険も高いので早く見に行ったほうがいい」と紹介されました。

一応、まだ解散は発表されてないようです。

終わり

GAノベル

スライム倒して300年、
知らないうちにレベルMAXになってました23

2023年7月31日　初版第一刷発行

著者　森田季節

発行人　小川 淳

発行所　SBクリエイティブ株式会社
〒106-0032　東京都港区六本木2-4-5
03-5549-1201　03-5549-1167（編集）

装丁　AFTERGLOW

印刷・製本　中央精版印刷株式会社

ISBN978-4-8156-2034-9
Printed in Japan

ファンレター、作品のご感想をお待ちしております。

〒106-0032　東京都港区六本木 2-4-5
SBクリエイティブ株式会社
GA文庫編集部 気付

「森田季節先生」係
「紅緒先生」係

本書に関するご意見・ご感想は
下のQRコードよりお寄せください。
※アクセスの際に発生する通信費等はご負担ください。

https://ga.sbcr.jp/

第16回 GA文庫大賞
GA文庫では10代～20代のライトノベル読者に向けた
魅力溢れるエンターテインメント作品を募集します！
物語が、華ひらく。
イラスト／風花風花
大賞賞金300万円＋コミカライズ確約！
◆募集内容◆
広義のエンターテインメント小説（ファンタジー、ラブコメ、学園など）で、日本語で書かれた未発表のオリジナル作品を募集します。希望者全員に評価シートを送付します。
※入賞作は当社にて刊行いたします　詳しくは募集要項をご確認下さい
リニューアルで選考課程を一新!!!
応募の詳細はGA文庫公式ホームページにて
https://ga.sbcr.jp/